정선 가득한 아침

정선 가득한 아침

정선랜드의 판다셰프 윈바오쌤

이원재 지음

정미소

부처님과 예수님의
공통점을 아시나요?

인류 역사를 통틀어 가장 인기가 있었던 두 사람을 꼽으라면 누가 떠오르십니까. 문화 대통령이라고 불렸던 서태지 형도 임기가 끝난 지 오래됐고, 오빠 부대의 최고 존엄 격이었던 H.O.T 형들도 뿔뿔이 흩어진 지가 한참 됐죠. 너무 옛날 사람들인가요? BTS 멤버들이 모두 전역하고 돌아와서 다시 완전체로 뭉치면 어떻게 될지는 모르겠습니다만, 제가 말씀드리고 싶은 분들은 이 정도 레벨이 아닙니다. 수천 년 전에 살았었지만

2025년 현재까지도 누구보다 큰 영향력을 갖고 계시니까요. 네. 바로 예수님과 부처님입니다. 이 두 분은 아주 큰 공통점을 갖고 계신데 혹시 짐작가는 바가 있으십니까?

사랑과 자비. 맞죠. 사랑이나 자비나 단어는 달라도 결국 자기 목숨 내놓고 다른 이들을 위해 사셨던 분들이니까 공통점 맞죠. 하지만 제가 바라는 답은 아닙니다. 생일이 둘 다 대한민국 국경일이다? 감사한 일이지만 아닙니다. 개인적으로는 양력이라 고정되어 있는 예수님 생일보다는 음력이라 적재적소에 왔다갔다하는 부처님 생일을 축하드리는 마음이 조금 더 크긴 합니다. 제가 눈여겨 본 두 분의 가장 중요한 공통점은, 바로 자신을 따르는 이들에게 무언가를 열심히 먹이신다는 겁니다.

예수님은 가르침을 전하시고 나면, 그걸 들은 수천, 수만의 군중들에게 늘 뭘 먹이고자 하셨습니다. 물로 포도주를 만들기도 하시고 고작 다섯 개의 빵과 두

마리의 물고기로 오천 명을 먹이시기도 했죠. 기적까지 동원해서요. 부처님은 당신께서 직접 제자들에게 밥을 지어 먹이시지는 않았지만, 그분의 가르침을 따르는 대부분의 절집에서는 그곳을 찾는 불자들에게 지금도 공양을 해 주시잖아요. 그렇기 때문에 그분들의 삶으로부터 이렇게나 오랜 시간이 지났지만 그 가르침만은 여전히 살아남아 있는 게 아닌가 합니다. 가지지 못한 이들에게 먹을 것을 나누는 것만큼 사랑과 자비에 기반한 일이 있을까요. 그렇기 때문에 그 일은 예수님과 부처님의 정신을 충실히 재현하는 행위라고도 할 수 있겠습니다.

제가 두 번째 주목한 두 분의 공통점은 바로 그들이 '선생님'이었다는 것입니다. 『고교생을 위한 윤리 용어사전』에 따르면, 예수님이 가르치신 핵심은 '마음을 다하고 목숨을 다하며 뜻을 다하고 힘을 다하여 하느님을 사랑하고, 자기의 이웃을 자기의 몸과 같이 사랑하라는 인류에 대한 무조건적인 사랑 즉 아가페'라고 나와있습니다. 비슷한 맥락에서 자비에 관한 부처님의 가르침에 대해 챗GPT에게 물어보니 '자비는 모든 존재의 고통을 자신의 고통처럼 여기고, 조건 없이 그들을 이롭게 하려는 마음이다.'라고 대답해 줍니다. 이런 위대한 가르침을 주셨다는 사실보다 더 존경스러운 것은 이것들을 자신의 삶 속에서 실천하며 사셨다는 부분입니다.

자라나는 아이들을 가르치는 사람으로 살아가고 있는 저는 이 두 개의 공통점에서 제가 살아가야 할 방향을 찾았습니다. 무언가를 먹이는 사람, 그리고 가르침을 내 삶에서 실천하는 사람. 합쳐보면 학생들에게 무언가를 먹이면서 가르치는 대로 실천하는 선생님 정도가 되겠네요. 하지만, 예수님과 부처님을 흉내 내서 새로운 사이비 종교를 만들고자 하는 것도 아니고, 지금 제가 완벽하게 그렇게 살고 있다고 포장하고 싶은 마음도 없습니다.

저는 올해로 15년 차 교사입니다. 그 중에 13년째

연달아 학생부에만 근무해 오고 있습니다. 남들은 한 해도 싫어서 피하거나, 하더라도 금세 도망쳐버리는 일을 꾸준히 오래도록 해 온 데는 무언가 이유가 있지 않을까요. 바로 그 바탕이 되는, 제가 지난 시간 아이들과 먹을 것을 나누면서 느껴왔던 희망과 성장의 기록을 남기고 싶었습니다. 이 책에 실린 이야기들은 2022년부터 2025년까지 강원도 정선에 있는 정선고등학교에서 끓이고 굽고 뒤집고 웃고 부대끼고 삶고 볶고 지졌던 이야기들입니다.

제 이야기는 성공담을 늘어놓으면서 완벽한 선생님이 되자고 교묘하게 선생님들을 자극하는 이야기가 아닙니다. 다만 매일 교실에서, 복도에서, 급식실에서 아이들과 부딪히며 살아가는 우리들의 지극히 평범하고 위대한 하루하루가 예수님, 부처님이 보여주신 길과 크게 다르지 않다는 것을 함께 확인시켜 드리고 싶었습니다. 여전히 흔들리고 지치고 때로는 미워하게 되더라도 그럼에도 다시 아이들 곁에 서는 선생님들이야말로 이 시대의 부처님과 예수님일 수 있다는 응원과 격려, 믿음을 전해드리고 싶었습니다.

'에이~ 내가 무슨' 이런 생각이 드셨나요. 아시죠? 부처님과 예수님 곁에는 늘 마귀와 악마들이 쫓아다니면서 괴롭히고 유혹했다는 걸요. 자! 이제 하루 종일 흔들리고 자빠지고 고민했던 서툰 선생님의 이야기를 한번 들어봐 주시겠습니까?

차례

책을 덮으며
프로는 상상하는 대로 되고,
아마추어는 걱정하는 대로 된다

이어지는 하찮은 에피소드 3
작가로서 희망하는 앞으로의 하찮은 포부

포켓몬빵 대신
짭켓몬빵이라도

말 한마디보다는 문제를 대하는
태도가 더 힘이 세다

저는 MZ세대의 첫머리에 위치하는 사람입니다. 1984년생이거든요. 그런 제가 국민학교 5학년 때, 그때도 지금처럼 프로야구가 인기가 많았습니다. 그 인기의 선두에 있었던 건 역시 해태의 이종범 선수였습니다. 야구팬이시라면 투수는 선동열, 타자는 이승엽, 야구는 이종범이라는 격언(?)을 들어 보셨을 겁니다. 이제 이종범 선수는 지금 그 격언보다는 정후 아빠로 더 유명하지만요.

　그의 엄청난 인기에 힘입어 94년의 초등학교 앞 문방구에는 야구선수들의 스티커를 팔았습니다. 구단별로 가장 유명한 선수가 한 10명쯤 선정되어 있고 스티커북이란 게 있어서 여기에 모든 선수 스티커를 다 모아 문방구로 가져가면 야구배트에 글러브 두 개, 야구공, 손목 아대, 야구 모자가 모두 들어 있는 야구용품 세트를 선물로 줬습니다. 푼돈으로 이 모든 걸 장만할 수 있다고 생각한 제 또래 남학생들에게 정말 엄청난 인기를 끌었습니다.

　당시 프로야구 구단이 8개였으니까 80매 내외면 금방 모을 수 있겠다 싶었지만 극악의 확률로 등장하지 않는 카드가 하나 있었으니, 바로 이 이종범 선수의 카드였습니다. 인터넷 거래라는 게 없던 시절이라 다른 동네 문방구로 원정을 가기도 하고, 친구들과 돈을 모아 스티커를 왕창 구입하기도 했지만, 결과는 번번이 실패였습니다. 심지어 문방구 주인이 이종범 스티커를 빼돌렸다는 루머가 돌기도 했습니다. 그러거나 말거나

이 스티커가 당시 아이들의 코 묻은 돈을 문방구에서 박박 긁어모으게 했다는 것만은 사실에 가깝다고 기억하고 있습니다.

이런 미끼상품을 이용해 물건을 팔아먹는 방식을 대기업에서 적극 활용하지 않았을 리가 없겠지요. 핑클빵에도 스티커가 들어 있었고 국진이빵에도 스티커가 들어 있었으나, 정점은 그 유명한 포켓몬빵이었습니다. 아직도 기억나는 게 제가 다니던 중학교 매점에 스티커만 빼고서 그대로 버려진 빵들이 쓰레기통 안에 수북하던 장면입니다.

저는 만화 포켓몬스터를 별로 안 좋아해서 모으지는 않았지만 1990년대 후반이나 2022년쯤 재현된 포켓몬 띠부띠부씰을 모으기 위한 열풍은 똑같아 보였습니다. 믿거나 말거나지만, 이 띠부띠부씰 때문에 어느 초등학교에서는 학교폭력 사안도 벌어졌다는 풍문이 있었습니다. 힘 센 아이가 약한 아이에게 빵을 사 오라고 시킨 뒤 이 띠부띠부씰만 빼고 돌려줍니다. 약한 아이가 아무래도 억울하니 학교폭력으로 신고해서 위원회가 열리면 가해학생이 되어버린 이 아이도 좀 억울합니다. 물건의 99.9%를 돌려줬는데……라는 지극히 초딩다운 항변과 함께 말입니다.

제가 근무하고 있던 정선읍에는 메가커피, 빽다방, 맘스터치 같은 프랜차이즈 대리점도 있지만 아무래도 물건이 제일 많은 핫플레이스는 농협 하나로마트입니다. 늦봄의 두릅을 비롯해 온갖 산나물과 버섯뿐만 아니라 속초에서 난 홍게, 물 건너온 LA갈비까지 사실 없는 게 거의 없거든요. 그런데 포켓몬빵이 제일 유행하던 시절에는 전국적인 품귀 현상 때문에 이 핫플레이스에도 포켓몬빵이 겨우 열 개 남짓밖에 납품되지 않았습니다. 이 열 개를 놓고 정선초, 정선초 병설유치원, 반야유치원, 봉양초, 정선중, 정선고, 정선정보고 등에 다니는 수많은 학생이 경쟁하는 셈입니다. 저도 우리 집에 같이 사는 초등학생 두 명의 심부름을 여러 차례 갔었습니다만 자랑스러운 아빠가 된 적은 한 번도 없었습니다. 이 빵을 생산하는 공장에 확 찾아가 볼까도 싶었지만 팔겠나 싶기도 하고 그걸 사와도 누가 다 먹나 싶어 접었습니다.

이 빵을 구하기 위한 어려움만큼이나, 요즘 인문계 고등학교 학생들의 4월은 무척이나 살기 어렵고 힘든 시기입니다. 제가 2018년 처음으로 인문계 고등학교에 근무하게 되었을 때 한 친구와 나누었던 대화가 여전히 생생히 기억납니다.

"예린아! 너 아침부터 상태가 왜 이래. 너 어제 핸드폰 보다가 늦게 잤구나?"

"선생님. 핸드폰 할 시간이 어디 있어요. 저 이번 주에만 수행평가가 일곱 개나 된다고요."

"일곱 개? 많기는 많네. 그래도 그걸 어떻게 똑같이 다 열심히 해. 시수 많은 거 진로랑 밀접한 거 몇 개에만 집중하고 나머지는 슬슬 해야지. 그래 잠은 좀 잔 거야?"

“쌤…… 오늘 금요일이잖아요. 이번 주에 침대에 등 붙이고 잔 게 세 시간밖에 안 돼요.”

수행평가를 적절히 나눠서 하라는 말은 제가 하면서도 거짓말이라고 생각했고, 그 친구도 곧이듣지 않았을 겁니다. 수행평가를 열심히 해야 대학 갈 때 필요한 생기부를 선생님이 잘 써주시니까요. 수행평가도 최초 도입될 때의 취지가 많이 훼손되었습니다. 개인적으로 엄청난 과제를 해내느라 아이들도 죽겠고, 그걸 다 채점하고 평가하는 교사들도 너무 힘들게 하는 이 수행평가는 좀 축소하는 게 맞다고 생각합니다. 제가 자신할 수 있습니다. 수능만으로 대학에 진학하던 시절 공부를 좀 하셨다 하는 분들도 요즘 아이들이 살아가는 모습을 보면 혀를 내두르고 포기할 분이 많으실 겁니다.

그것보다도 저 대화에서 더 주목해야 할 것은 그 주 네 밤 동안 침대에 누워 잔 시간이 세 시간밖에 안 된다는 열여덟 살 고등학생의 이야기입니다. 다이나믹

듀오가 '고백(Go Back)'이라는 노래에서 '하루를 밤 새우면 이틀은 죽어. 이틀을 밤 새우면 나는 반 죽어'라고 했을 때가 고작 스물여섯 살이었습니다. 저는 마흔이 넘었으니 이틀을 밤 새우면 진짜로 심근경색과 뇌졸중이 올 거 같은데 대화 속 저 아이는 열여덟이라서 버틸 수 있었던 걸까요. 미래에 대한 불안과 공상을 미끼로 어른들이 저 아이의 잠과 성장을 빼앗은 것은 아닐까요. 이런 비인간적인 처사에 저도 공범으로 가담했다는 거 뼈아프게 인정합니다.

아무튼 이렇게 좀비같이 돼서 학교에 오는 아이들을 보며 일단은 아이들에게 작으나마 즐거운 일을 주거나 뭐라도 좀 먹여서 생기를 되찾게 해주고 싶어졌습니다. 그때 생각했죠. 이렇게나 인기가 많은 포켓몬빵을 아이들의 손에 하나씩 쥐어 주면 얼마나들 기뻐할까. 그 순간만큼은 얼마나 행복할까 하고요. 그러나 당시 정선고등학교의 학생수는 260명이 조금 넘었습니다. 하루에 열 개가 납품되는 포켓몬빵을 전교생에게 하나씩 주려면 제가 그걸 100퍼센트 사재기를 하더라도 26일이 걸리겠고 그동안 빵이 상하지 않는다는 보장이 없으니 결국 사주는 건 불가능한 일인 것처럼 보입니다.

가끔, 후배 선생님들이 학생과의 관계나 상담에 관해 질문할 때가 있습니다.

"부장님. 저 책 추천 좀 해주세요."

"네? 무슨 책이요?"

"사실은 우리 반 아이 하나가 최근에 부모님이 이혼하셔서 되게 힘들어하거든요. 그래서 책을 좀 추천해 줘 보려고요."

"선생님아, 이리 와서 좀 앉아봐요."

"네 부장님."

"자 우리 선생님이 그 친구가 됐다고 입장을 바꿔 놓고 몰입을 좀 해 봅시다. 우리 엄마 아빠가 지난주에 이혼 도장을 찍고 아빠가 집에서 나갔어요. 이제 자주 못 본대요. 그런 상황에서 누가 와서 이 책이 좋으니까 읽어봐라 그러면 그 책이 눈에 들어오겠어요?”

“음…… 그럴 것 같진 않은데요.”

“그렇죠? 그러니까 무슨 말을 해주려고 하기보단, 그 아이 잘 살펴주시고, 이야기 많이 들어주시고 그러세요. 정 뭐라도 해주시고 싶으면 밥이라도 사 주세요.”

많은 선생님들은 나의 말 한마디가 힘들어하는 아이들에게 가 닿으면 엄청난 깨달음을 일으켜 그 아이의 인생을 한순간에 변화시킬지도 모른다는 로망을 가지고 계십니다. 물론, 그런 경우가 없지는 않지요. 저도 그런 경험이 있었고요. 하지만 제 생각은 좀 다릅니다. 교사의 말 한마디, 멋진 글 한 줄보다는 오히려 불가능하거나 어려워 보이는 문제 앞에서 교사가 어떤 태도로 그 문제를 대하느냐를 보면서 아이들이 더 많은 것을 배운다고 생각합니다. 이런 생각이 포켓몬빵 260개를 ‘사는’ 일에는 성공하지 못했지만 ‘만드는’ 일은 가능하게 했습니다.

　제가 부장교사다 보니까 제 선에서 운용할 수 있는 예산들이 좀 있습니다. 그 중에 학교폭력을 예방하기 위한 예산을 활용해 보았습니다. 일단 빵을 좀 삽니다. 앞서 말씀드린 그 핫플레이스에서 보름달, 단팥빵 같은 평범한 빵들을 학생들 수만큼 삽니다. 브랜드 빵이 아니라서 그리 비싸지도 않습니다. 그리고 라벨지에 포켓몬 마크와 함께 예산 사용 목적에 맞게 '얘들아 시험이 인생의 전부가 아니야', '화가 나고 힘들면 학생부, Wee클래스를 찾으렴', '화내기 전에 심호흡 한 번!'과 같은 문구를 인쇄해서 빵에다가 붙입니다.

　사진으로 보면 확 드러나지만 멀리서 보면 제법 그럴 듯하게 포켓몬빵처럼 보입니다. 이렇게 260개를 만들어서 제가 아이들을 맞이하는 아침에 들고 서 있습니다. 아이들이 멀리서 이걸 보고선 '저건 반드시 내 거야!' 하는 눈빛으로 달려옵니다. 20미터, 10미터, 5미

samlip
Pokémon
시험 결과가 너의 모든 걸 말해주는 건 아니야.
최선을 다 했다면 그뿐!
피카피카 포켓몬빵... 먹고 힘내자,
마지막 순간까지 파이팅!
www.spcsamlip.co.kr
8 801068 09765

터…… 신나서 달려오던 아이들의 걸음이 차차 느려지면서 고개를 갸웃거리기 시작합니다. 미심쩍은 눈으로 빵을 받아들고는 결국 피식 하고 웃음을 한 번 흘리며 말합니다.

“쌤 이거 포켓몬빵 아니잖아요. 짭이잖아요오~”

‘짭’켓몬빵은 이렇게 탄생했습니다. 혈당이 떨어져 있는 상태에서 뱃속에 탄수화물과 당이 들어가면서 기분이 좋아지는 건 과학으로 이미 증명된 사실이죠. 빵 하나씩 먹었으니 점심 급식을 먹을 때까지 당연히 배도 덜 고프겠고요. 사람이 배가 덜 고프면 화가 덜 나고, 화가 덜 나니 덜 싸우게 됩니다. 치고받을 문제를 말로 풀 수 있게 되고 화를 낼 것도 한 번쯤 그냥 지나치게 됩니다. 이렇게 전교생에게 같은 음식을 한번 먹이고 나면 한동안 학교에 웃음이 낙엽처럼 굴러다니는 것이 사르륵 느껴집니다.

보통은 한달에 한 번, 제가 좀 바쁘면 한 달 반이나 두달에 한 번 정도 이렇게 무언가를 먹여 가며 아이들을 키우고 있습니다. '찐' 포켓몬빵 대신 선생님이 건네는 '짭'켓몬빵을 먹으면서 아이들은 무슨 생각을 했을까요. 문장으로 가다듬어진 생각을 가지지 않았어도 좋습니다. 아이들이 앞으로 살면서 해결이 어려워 보이는 문제를 만났을 때, '이건 불가능해, 안 될 거야.'라 는 생각 대신 '어떻게든 만들면 되지 뭐. 비슷하게.' 하고 어렵지 않게 생각해 볼 수 있게 되길 바랍니다. 그래서 우리 세상에 '될까?'보다 '될걸?'이라고 생각하는 사람들이 점점 더 많아졌으면 좋겠습니다. 그게 아니라도, 배고픈 영혼들의 뱃속이 좀 덜 허기지게 되었다면 그걸로도 충분하지만요.

꿀떡만으론……
섭섭한데요?

말하고 싶은 내용은
세 줄로 요약

한달에 한 번씩 전교생과 같은 음식을 먹는 활동은 제가 혼자서 할 수가 없습니다. 같이 학생부에 근무하는 죄(?)로 딸려들어오신 학생부 선생님들과 이게 뭔가 하면서도 일단 재밌으니까 함께 하게 되는 학생자치회 아이들의 조력이 없으면 불가능한 일이죠. 제가 메뉴를 선정하는 기준은 읍내에 판매하지 않는 품목일 것, 그리고 계절과 시기에 잘 어울릴 것 두 가지입니다. 그 기준에 맞춰서 아이들과 함께 메뉴를 상의하는데요, 2023년 추석을 앞두고는 꿀떡을 좀 맞춰서 나눠 먹어보자는 의견이 나왔습니다.

역시 명절에는 떡이니까 별 이견 없이 마음이 모였지요. 동글동글한 꿀떡을 두어 박스 맞추고 손바닥만 한 비닐 주머니에 대여섯 개씩 소분해서 먹기 좋게 나눠주자는 이야기도 함께 나왔습니다. 이제 남은 것은 학교폭력 예방을 위한 문구를 어떻게 쓸 것이냐 하는 것입니다. 학교폭력. 무지하게 무서운 단어죠. 2010년 대 초, 학교폭력 피해로 인해 스스로 생을 마감한 대구의 한 중학생이 있었습니다. 그런 마음 아픈 일을 다시 겪지 않기 위해 '학교폭력 예방 및 대책에 관한 법률'이란 법이 만들어졌습니다.

더욱 마음 아픈 사실은 이런 법률과 시행령이 생겼는데도 불구하고, 학교폭력이 없어지기는커녕 학교 현장을 더욱 힘들게 만들고 있다는 것입니다. 사람이 싸우면요, 일단 진정시킨 다음에 자초지종을 들어보고 서로 다른 입장을 이해하도록 돕는 게 일반적인 화해의 과정 아닐까요? 하지만 현행법으로는 그게 불가능합니다. 친구랑 싸웠거나 갈등이 있어서 뭔가 억울하다고 하는 아이에게 학폭으로 신고부터 하기 전에 일단 진정하라고 이야기하면 그 선생님은 학교폭력 은폐 축소라는 법률 위반 행위를 한 셈이 되거든요. 일단 학교폭력으로 접수해서 행정 처리에 들어가야 된다고 법에 써 있으니까요.

또 쌍방으로 싸웠어도 먼저 신고한 학생은 '피해 관련 학생'이 되고, 신고를 당한 학생은 '가해 관련 학생'이 됩니다. 명칭부터도 우리 형법에서 보장하고 있는 무죄 추정의 원칙에도 어긋나죠. 그럼 같이 싸워 놓고 우리 아이만 가해 학생이 되는 걸 가만히 보고 있을 부모님이 어디 계시겠어요. 우리 아이도 상처를 입었으니 쌍방으로 신고를 합니다. 이런 일처리를 조사권도, 처벌권도 그러니까 아무런 법적인 권한이 없는 평교사가 다 합니다. 다행히도 이제 심판은 교육청에 있는 학교폭력대책심의위원회에서 하는데, 감정과 억울함이 올라와 있는 상태에서 학폭위의 처분에 만족하는 분들은 거의 못 봤습니다.

재판도 3심이 있듯이 이 학폭위의 처분이 마음에 안 들면 행정 소송을 할 수 있습니다. 여기에 변호사 같은 법률 전문가들이 본격적으로 개입하기 시작합니다. 주로 학교에서 이 사안을 처리하는 과정의 법률적, 행정적 실수를 파고들어 결과를 무효화하는 방식을 씁니다. 법적 절차라는 게 어제 신청한다고 오늘 결과가 처리되는 게 아니잖아요. 그래서 이런 절차가 진행되는 중에 아이들은 이미 졸업을 해 버려서 이 일이 아무것도 아니게 되는 일들도 많습니다. 진정한 사과와 화해가 발붙일 자리가 현재의 법 속에는 없습니다. 이 과정에서 겪게 되는 학교폭력 담당 교사의 괴로움은 신경 써서 들어주는 사람도 없습니다.

아무튼 치유되는 사람 하나 없는 이 학교폭력이라는 괴물은 그래서 일어나기 전에 예방하는 것이 최고의 방법일 수밖에 없습니다. 그런데 말입니다. 우리는 사회에 무슨 일이 생기면 전부 그 근본적인 원인을 교육의 부재로 생각하는 경향이 있죠. 그래서 학교에는 정말 온갖 종류의 의무교육이 실시되고 있습니다. 이런 의무교육을 다 합하면 흔히 말하는 국영수사과 그러니까 정규교육과정에서 가르쳐야 할 분량의 1/3은 되는 것 같습니다. 그러니까 오히려 교육의 실효성은 떨어집니다.

우리나라 청소년의 자살률이 세계적으로 높다는 건 다들 아시지요. 그럼 예방을 해야 될 거 아닙니까? 그런데 교사들이 자살 예방의 전문가인가요? 교사들은 각자 맡은 교과의 전문가이지, 안전사고 예방, 자살 예방, 장애 이해, 긴급복지지원, 성고충 상담, 재난 대비, 안보 교육 등 열거하기도 힘든 그 모든 분야의 전문가가 될 수는 없습니다. 그래서 예방 교육의 방법으로 가장 손쉽게 선택할 수 있는 것이 3~40분 분량의 영상을 보여주고 감상문을 쓰도록 하는 것입니다. 우리 나라 학교에서 실시되는 대부분의 예방 교육은 종류를

막론하고 대부분 이런 식으로 진행됩니다. 강사를 초빙하는 경우도 있지만 강당이나 체육관에 수백 명을 모아놓고 하는 강의는 아무리 훌륭한 강사라 하더라도 효과가 적습니다. 제가 예전에 특성화고에 근무할 때 유명한 대학 교수님을 모시고 인문학 강의를 그런 식으로 주최한 적이 있는데 강의가 끝나고 그 교수님이 눈물을 찍어내시는 바람에(40대 중반의 남성분이셨습니다.) 얼마나 죄송했는지 모릅니다.

그런데 두 걸음만 뒤로 물러서서 생각해 볼까요. 학교폭력 예방교육이라는 게 진짜 굉장히 법리적으로 어려운 내용인 걸까요? 몇 년 전에 만들어서 이제는 재미도 의미도 떨어지는 영상을 3~40분씩 봐야만 가능한 일인 걸까요? 결코 아닙니다. 교육에 종사하지 않는 일반인들도 충분히 그 내용을 짐작할 수 있으실 겁니다. 나는 장난이었어도 상대방이 기분 나쁘면 그건 폭력이니 사과를 하는 게 맞다. 사실이라 할지라도 여러 사람 있는 데서 말하면 명예 훼손이 될 수도 있다. 온

라인에 뭘 한번 올리면 지우는 게 거의 불가능하니까 신중해야 된다. 화가 나거든 일단 자초지종을 들어보고 상대방의 입장에서도 한번 생각해 봐라. 유치원과 초등학교에서 배워서 다 알고 있는 내용에 지나지 않습니다.

교육 효과가 떨어지는 건, 투입되는 양이 지나치게 많기 때문입니다. 쉽게 말해서 가르치는 사람이 '말이 너무 많'기 때문이라는 거죠. 바깥에서 놀고 들어왔는데 옷을 아무데나 벗어 던지고 냉장고부터 열어제끼는 초등학생 아들놈(우리 집 경험담입니다.)에게 가서 '자우진아. 집에 들어오면 가방 던지지 말고, 신발부터 정리하고, 옷은 벗어서 걸고, 세균이 번식하지 않도록 손을 씻은 다음에 냉장고로……'와 같이 이야기하면 들은 척도 않습니다. 이런 긴말 필요 없이 '손 씻어.' 한 마디면 됩니다. 학교폭력을 예방하기 위한 교육도 이렇게 핵심적인 메시지를 단순하고 반복적으로 전달하는 것이 훨씬 효과적일 겁니다.

2023년엔 드라마 '이상한 변호사 우영우'가 무척 인기를 끌었습니다. 천재이면서 자폐 스펙트럼 장애가 있는 주인공 우영우가 변호사로 활동하면서 겪는 사건들을 다룬 드라마였지요. 우당탕탕 우영우라고 불릴 만큼 좌충우돌하지만 그 과정에서 동료들과 함께 성장해 나가는 모습이 사람들에게 감동을 주었고, 특히 함께 일하던 직원 이준호 씨와의 로맨스도 많은 응원을 받았습니다. 특히 자기 생각을 더 해달라며 남자 주인공이 여주인공에게 '섭섭한데요?'라고 앙탈을 부리는 장면에선 꿀이 줄줄 흘렀습니다. 그래서 꿀떡을 담은 봉지에 이 대사를 패러디해 학교폭력을 예방하기 위한 핵심 메시지를 담기로 했습니다.

요즘은 명절을 쇠러 친척 집에 가더라도 다 같이 둘러앉아 윷놀이나 고스톱 같은 전통놀이(?)를 하는 모습이 점점 사라져가는 것 같습니다. TV는 혼자 틀어져 있고 각자 스마트폰을 들여다보고 있는 모습이 그 자리를 대신해 가고 있는 것 같아요. 모처럼 공부하라

작성은 신중히!
공개는 최소한으로!
올바르게 SNS를 사용합시다!
즐거운
섭섭한데요...
게시글/댓글 작성은 신중히!
개인정보 공개는 최소한으로!
추석에도 올바르게 SNS를 사용합
운 추석에 사이버 폭력이라니...
섭한데요...
게시글/댓글 작성은 신중히!
개인정보 공개는 최소한으로!
추석에도 올바르게 SNS를 사용합시다!
섭섭한데요?
즐거운 추석에 사이버
섭섭한데요...
게시글/댓글 작성은 신중히!
개인정보 공개는 최소한으로
추석에도 올바르게 SNS를

는 잔소리 없이 마음껏 핸드폰을 들여다보는 아이들이 연휴를 며칠 보내고 나서 학교에 오면 사이버 폭력 사안을 명절 선물로 가져오는 일이 많습니다. 심심하니까 이것도 열어보고 저기도 들어가보고 하면서 갈등이 빚어지는 거죠. 말이 무서워서 그렇지 대부분은 그냥 험담(뒷담이라고 하는 게 정확합니다.)이거나 저격(이름만 안 썼지 누가 봐도 아는 경우와 아무리 봐도 모르겠는데 이선 분명히 나라고 주장하는 주인공병에 해당하는 경우로 나뉩니다.)입니다. 그래서 연휴 전에 주의를 주는 일이 꼭 필요합니다.

우영우 변호사의 남자친구 이준호 씨가 꿀떡 봉지에서 이렇게 말해 줍니다. "즐거운 추석에 사이버 폭력이라니, 섭섭한데요?" 그리고 그 아래에 '게시글, 댓글 작성은 신중히. 개인정보 공개는 최소한으로. 추석에도 올바르게 SNS를 사용합시다.'라고 적힌 핵심 문장 세 개를 큰 소리를 따라 읽어야 꿀떡을 받아서 꿀떡꿀떡 먹을 수 있습니다. 떡에 눈이 어두워진 아이들은 조금도 머쓱해하지 않고 이 문장을 소리내어 따라 읽습니다. 떡을 보여줘놓고 안 주면 제가 잡아먹힐 것도 같습니다.

　　모든 걸 잘하라는 건, 아무것도 하지 말라는 말과도 같습니다. 지금의 학교에는 너무도 많은 말과 내용이 넘쳐납니다. 지금도 해야 할 일이 많은데 더 많은 일을 하라고 밀어붙이고 있습니다. 그것들이 모두 반드시 필요한 것이냐에 대한 성찰은 없거나 부족합니다. 더 붓는 일을 멈추고 덜어내야만 교사도 학생도 학교도 사회도 살 수 있습니다. 그 속에서 반드시 학생들에게 공유하고 새겨줘야 하는 메시지는 간결하고 반복적으로 전해야 합니다. 학교를 바꿔야 한다고 쉽사리 말하거나 새로운 제도적 뻘짓거리를 만들어내는 교육 관료들은 먼저 학생들의 입장에서 생각해 봤으면 좋겠습니다. '내가 학생이라면 이걸 다 해낼 수 있나? 다 기억할 수 있나? 기억하고 실천할 수 있나?'라고 말입니다. 그걸 하도록 만드는 게 교사의 책임이라고 전가하지 말고 말입니다. 선생님도 학교 구성원이니까 교육부와 교육청의 일방적인 정책 추진 때문에 괴로움을 겪는다면 그 정책 입안자를 학교폭력 가해자로 신고할 수 있는 제도가 생겼으면 좋겠습니다. 선생님이 힘들면 아이들도 힘들게 마련이니까요.

내 얼굴에
웃음꽃 피자

학생 모두를 게이트 키퍼로

학부모님들이나 선생님들은 다 아시겠지만 학교
에서는 매년 4월 쯤 초중고 신입생들을 대상으로 '학
생정서행동특성검사'라는 걸 실시합니다. 학생들의 심
리 상태를 점검해서 자살 등 심리적 위기를 겪는 아이
들을 식별해 내고 도움을 주기 위한 일입니다. 2010년
대 초반부터 시작된 검사인데 여기서 위험군으로 식별
된 아이들은 가정과 그 내용을 공유하고 필요한 경우
심층 상담을 진행하거나 병원에 연계를 해주기도 합니

다. 개인적으로 반드시 필요하고 중요한 일이라고 생각합니다만 마음 아픈 것은 이 관심군 학생이 갈수록 늘어난다는 것과, 지역별로 이 관심군 학생들에게 도움을 줄 수 있는 수단의 격차가 무척이나 크다는 것입니다.

강원도에서 가장 큰 도시는 춘천, 원주, 강릉입니다. 그래도 인구가 20만 명은 다 넘기 때문에 정신건강의학과 병원도, 다양한 형태의 상담소도 제법 있습니다. 그래서 수도권에 비할 바는 아니더라도 심리적 위기를 겪는 아이들에게 학교와 연계한 도움을 줄 수 있는 방법들을 여러 방면으로 강구할 수 있는 편입니다. 하지만 지금 제가 근무하고 있는 정선군에는 정신건강의학과가 한 군데도 없습니다. 심리 상담이 가능한 곳으로는 교육청에서 운영하는 Wee센터나, 공공기관인 청소년상담복지센터, 보건소 정도가 있는데 학교 및 학생들의 수요에 비해서 터무니없이 부족합니다. 뿐만 아니라 실제로 학생들이 이걸 이용하고 싶어도 대중교통을 이용하자면 학교도 빠져야 하고, 빠지더라도 시간 맞춰 이용하기가 쉽지 않습니다. 버스를 타고 한 시간 넘게 이동해야 하는데 그나마도 하루에 버스가 몇 번 운행하지 않으니까요.

그래서 병원 진료를 받아보려면 강릉이나 원주나 제천 정도까지는 가야 하는데, 여기에 또 자주 딜레마가 생겨납니다. 그런 델 가자면 보호자나 부모님과 같이 가야 되는데, 심리적인 위기를 겪는 아이들의 경우 그런 보호자나 부모님이 제 역할을 잘 못 해주시거나 그럴 여건이 안 되는 분들이 많기 때문이죠. 그렇다고 선생님들이 수업을 다 빼고 그 아이를 데리고 병원에 갈 수도 없는 노릇이니 옆에서 보며 발만 동동 구르게 되는 일이 많습니다.

학생부에서 다루는 일들의 분야를 거칠게 요약해 보면 학교폭력, 학교규정 운영, 안전사고예방, 정신건강 관련 업무 등입니다. 다 중요하고 위험한 일이지만 그 중에서도 가장 예방의 필요성이 큰 것은 정신건강 관련 업무, 그러니까 자해와 자살 관련 사건입니다. 다른 건 몰라도 자살만큼은 과거로 되돌리는 게 인간의 능력으로는 불가능한 일이니까요.

그렇다고 자살을 예방하는 것이 학교에서만 애쓴다고 가능한 일이 아닙니다. 학생이 자살을 생각하거나 구체적인 방법을 고민하거나 심지어 시도까지 하게 되는데는 많은 시간과 원인이 필요했을 테니까요. 또 그걸 알게 되었다고 해도 학교에서 처방을 해 주는 깃 역시 쉽지 않습니다. 반드시 전문가의 상담과 처방이 학생에게 섬세하게 다가갈 수 있도록 도와야 합니다. 학교의 그러한 역할을 일컫는 것이 바로 '게이트키퍼(Gatekeeper)'입니다.

말 그대로 문지기라는 뜻인데, 자살 위험 대상자가 보내는 신호를 알아보고, 그의 이야기를 적극적으로 듣고, 그를 전문가에게 연계 의뢰하는 일을 하는 사람을 말합니다. 쉽게 생각하면 저세상으로 가는 문고리를 잡고 안 열어주는 사람이라고 말할 수 있겠네요. 보통은 학교에서 전문상담선생님이나, 학생부의 자살 예방 업무 담당 선생님이 일년에 한 번 정도 이런 연수를 잠깐 받고 오셔서 게이트키퍼 역할을 하도록 요구받습니다. 하지만 대부분 전문가나 의사 한 분을 모셔서 수백 명을 대상으로 강의식 연수를 하시기 때문에 실제로 이걸 몸에 익히는 데는 한계가 있습니다. 그리고 무엇보다 중요한 것은 학생이 죽고 싶다는 마음이 들 때 친구들에게 말하지 선생님이나 부모님에게 말하는 일은 별로 없다는 사실입니다. 게다가 선생님이 아무리 전문가가 되었다고 해도, 한 명이 전교생 수백 명의 징후를 세심하게 관찰하고 알아차리는 일은 불가능에 가까울 겁니다. 그렇다면 이 게이트키퍼 양성의 방향성에 대해 좀 고민해봐야 할 것 같습니다.

그래서 저의 고민은, 멀리 있는 선생님보다 가까이 있는 친구들을 게이트키퍼로 양산하는 것이 훨씬 효과적이지 않을까 하는 데에 가 닿았습니다. 생각해 보면 복잡할 게 별로 없습니다. 자살을 생각하는 사람들이 보이는 대표적인 징후를 알려주고, 그런 이야기를 들었을 때 어떻게 반응해야 하는지 알려주고, 그리고 담임 선생님이나 상담선생님, 학생부 선생님들에게 와서 전달만 해주면 된다고 알려줍니다.

우울증 환자들이 가장 싫어하는 말 그리고 위험한 말 중 하나가 이런 거라고 합니다. '자살을 거꾸로 하면 살자잖아. 자살을 생각할 용기로 살 생각을 해 봐.'와 같은 말이요. 감기 몸살로 쓰러진 사람한테 몸살을 거꾸로 하면 '살 몸'이 되니까 너는 할 수 있어. 어서 일어나!라고 말한다고 바로 낫는 게 아니잖아요. 오히려 열 받죠. 놀리는 것도 아니고. 감기 몸살은 약 먹고 잘 쉬고 해야 낫는 거죠.

같은 맥락에서, 자살하고 싶다고 말하는 친구에게 오히려 폭력이 될 수 있는 말을 하는 대신 적절한 반응을 연습시키는 겁니다. 청소년들의 정신건강을 위해서 다양한 활동을 하고 계시는 정신과 전문의 김현수 선생님이 가르쳐 주신 '힘들지. 괜찮아? 그랬구나.'라는 아주 간단한 말씀을 활용합니다. '힘들었겠다. 괜찮아?

학교폭력예방
서약 캠페인

모두를 구하는
따스한 한 마디

힘들고 아팠던 시간,
이제는 옆에서 도와줄게.

친구야 괜찮니?
너의 말을 마음으로 들어주고 싶어.

지쳤다면 잠시 쉬어가도 돼.
내가 너와 함께 버텨줄게.

말해줘서 고마워. 도움이 필요하면 같이 고민해 보자.'
와 같은 말을 배너로 만들어 놓고, 등교하는 아이들에
게 실습을 시킵니다. 좀 낯간지러울 수도 있는 말인데
아이들이 잘 따라 하냐고요? 그럼요. 눈앞에 피자가 있
는데 열심히 해야지요.

메뉴가 피자였기 때문에 우리 학교 Wee클래스와
함께 진행한 자살 예방 교육 프로그램의 이름을 '내 얼
굴에 웃음꽃 피자'로 지었습니다. 이런 캠페인이라면
두말없이 저와 함께 해주던 후배 체육 선생님이 캠페인
제목이 너무 구리다며 구시렁거리는 건 짐짓 못 들은
척했지만요.

동네 식자재 마트에서 파는 냉동 피자가 한 판에
5천 원쯤 합니다. 한 판에 여덟 조각씩 해서 260명에게
한 조각씩 먹이려면 33판이 필요하고 금액으로 따지면
17만 원쯤 됩니다. 거기에 피자 조각을 담을 수 있는 종
이 용기랑 배너 인쇄비까지 하면 넉넉잡아 예산이 20만

원쯤 들죠. 사진에서 보시는 전자레인지는 각각의 교무실에서 빌려 내왔습니다. 밖에는 전기를 연결할 수 있는 곳이 없기 때문에 긴 리드선으로 전기를 끌어와서 전자레인지를 연결하고 피자를 돌립니다. 따로 여기 모이라고 아이들을 채근할 필요는 없습니다. 전자레인지 안에서 치즈가 녹는 냄새가 벌써 교문을 타넘었으니까요.

저는 학교가 좀 한가해지기를 바랍니다. 그래서 무언가를 배울 때 잘 안되고 자꾸 실수해도 다시 한번 해볼 수 있는 시간이 넉넉했으면 좋겠습니다. 선생님들도 행정 업무를 위해 모니터를 바라보는 대신 그 아이의 표정과 다시 도전하는 몸짓에 시선을 맞출 수 있었으면 좋겠습니다. 지난 금요일에도 제가 낸 면접 수행평가를 준비하는 게 너무 어렵다면서 투덜대던 한 아이는 제게 그 주에만 수행평가가 네 개였다며 준비할 시간도 연습할 시간도 없다고 울었습니다.

지금의 우리 학교 현장에는 배우고 때때로 익혀서

즐거움을 느낄 겨를이 거의 없습니다. 자유학기제니, 고교학점제니 하면서 진로와 꿈을 찾을 기회를 주었으니, 대학에 들어가자마자 무언가 대단한 것을 해내라고 압박합니다. 그 경쟁에서 탈락한 이들은 계속 삶과 사회의 주변부로 밀려나는 느낌을 받지 않을 수 없습니다. 학교는 경쟁이 아니라 연습이 가능한 시공간일 수 있기를 바랍니다.

저 역시도 삶을 포기하고 싶은 순간들이 있었습니다. 수능을 친지 일주일 만에 집에 차압이 들어와서 대학이고 뭐고 다 접으려고 했을 때. 임용 시험을 준비할 때. 사랑하는 사람에게 버림받았을 때. 선생님으로 살다가 새하얗게 소진되었을 때. 그래도 그때마다 담임 선생님이, 외할머니가, 다정한 친구가, 존경하는 선배가 그래도 괜찮다고 말해주었습니다. 그 괜찮다는 말이 끊어질 뻔한 제 삶을 이어 붙여 지금까지 지속될 수 있게 해주었습니다.

그런 사람이 내 인생에 나타나지 않을 것 같지만

분명히 주변에 있다는 사실을 이 피자와, 다정한 말들이 삶과 죽음의 기로에 있는 아이들에게 알려줄 수 있기를 바랍니다. 그러면 이 피자는 누군가에게 삶을 붙잡는 마지막 한 조각이 될 겁니다. 피자 한 조각의 열량이 밥 한 공기쯤 된답니다. 그 열량이 몸속에 머무는 건 잠시뿐이겠지만, 그 안에 담긴 따뜻한 마음은 오래도록 마음속에 남아 있을 테니까요.

얼어버린 널 구할
거북선

저는 부산 출신입니다. 태종대로 유명한 영도라는 섬에서 나고 자라 23년을 부산 사람으로 살았습니다. 고향을 떠나 산 지 20년이 되었지만 그 푸른 바다와 돼지국밥과 사직구장은 늘 그립습니다. 여름엔 좀 더워도 그만큼 겨울에 (바람만 안 불면) 별로 춥지도 않아서 살기도 참 좋습니다. 몸에 열이 좀 많은 편이라서 부산에 살 땐 겨울에도 목도리를 하거나 장갑을 껴 본 적도 별로 없고, 안에 반팔만 입고 패딩을 입어도 등에 땀이 줄줄 나서 패딩 입는 것도 즐기지 않았었습니다. 그런데 언제부턴가 아웃도어 브랜드가 유행하면서 자기 덩치를 두배 쯤 크게 보이게 해 주는 고가의 패딩들을 하나둘 사 입더군요. 그걸 보면서 부럽기는커녕 저 사람들은 돈이 썩어나는구나 생각했습니다. 돈 쓸 데가 없으니 부산에서 저런 걸 사서 입는 허세를 부린다고 말입니다.

강원도에 와서도 그 생각은 크게 달라지지 않았습니다. 고성군과 원주시에 살면서도 패딩을 꼭 입어야 하는 날이 많지는 않았죠. 하지만 정선에 살게 된 다음부터는 생각이 완전히 달라졌습니다. 제 교무실 자리가 3층 창가였는데 겨울엔 추워서 블라인드를 내리고 박스 같은 걸로 막아두지 않으면 자리에 앉아 있기가 힘들 정도였습니다. 책상 밑에 전열기를 켜고 담요까지 무릎에 덮어야 다리 떨면 복 나간다는 소릴 듣지 않을 수 있게 됩니다. 그러니까 밖에는 어떻겠어요. 철원이나 연천 같은 내륙 접경지대에까지 비할 바는 아니지만 정선도 무지하게 추워서 패딩이 없으면 생존이 안 됩니다. 겨울이 되면 기능 좋은 패딩이 안정적으로 생산될 수 있도록 아웃도어 업체의 주식을 왕창 사주고 싶은 마음이 막 들 정도라니까요.

기숙사에 살지 않고 통학해야 하는 아이들이 아침에 이 추위를 뚫고 학교에 오려면 얼마나 고생스러울까요. 대중교통이 불편한 곳에 사니까 내 일과에 맞춰 버스를 타는 게 아니라 버스 시간에 내 아침을 맞춰야 합니다. 그러자니 껌껌할 때 일어나서 잠이 덜 깬 눈을 비비며 나오는 일이 다반사입니다. 그렇다고 버스가 학교까지 제일 빠른 경로를 선택해서 오나요. 골짝골짝 돌고 돌아 장터 나오시는 할머니, 한의원 가시는 할아버지 다 태우고 나와야 하니 마음처럼 빨리 올 수도 없습니다. 그렇게 아침부터 힘들게 학교에 오는데 학교 오는 일이 즐겁기란 쉽지가 않겠죠.

친하게 지내던 교무부장 형님하고 어느 날 같이 밥을 먹다가 그렇게 몸과 마음이 얼어서 학교에 오는 아이들을 위해서 따뜻한 무언가를 주고 싶다는 마음을 서로 확인했습니다. 겨울 간식하면 여러 가지가 있겠지만 한방에 따뜻함을 온몸에 퍼트려줄 수 있는 건 역시 뭐니 뭐니해도 어묵이지요. 네. 어묵을 좀 삶아서 아이들에게 대접해 보기로 의기투합했습니다.

잠깐만요. 설마, 어묵을 삶아준다고 해서 제가 교무실에 앉아서 꼬챙이에 어묵을 끼우고 있는 상상을 하신 건 아니시겠죠? 교사로서 이런 말 하기가 조금 그렇긴 하지만, 자본주의 사회에서는 돈으로 할 수 있는 일이 제일 쉬운 일인 법입니다. 꼬챙이에 끼워진 어묵 25개 들이 한 봉지가 인터넷에서 평균적으로 8천 원쯤 합니다. 260명분 어묵 재료를 준비하는 데 드는 돈이 10만 원이 채 안 되는 셈입니다. 여기에 국물은 전기 물 끓이기에 제가 직접 배합하는데 물과 참치액, 우동 다시, 국간장이 들어갑니다. (배합 비율은 영업 비밀이니까 여기에 밝힐 순 없고 궁금하신 분은 제 인스타그램으로 DM을 보내주시면 기꺼이 알려드리겠습니다.)

어묵을 삶기로 한 아침이었습니다. 냄비에다가 물을 붓고 어묵을 살살 끓이면서 좀 불리고, 하나씩 길쭉한 종이컵에 담은 다음에 전기 물끓이기 밑에 대고 레버만 누르면 뜨거운 어묵 국물이 콸콸콸 나오면서 자연스럽게 어묵 1인분이 완성되는 최첨단 수동 시스템을 구축하고 영업을 시작할 참이었죠.

그런데, 냄비를 휴대용 가스 버너에 올리고 불을 켜는데 아무리 해도 불이 붙질 않는 겁니다. 전날 저녁에 점검할 때는 멀쩡하게 작동했었거든요. 이게 왜 갑자기 고장이 났는지 영문을 몰라하고 있는데 갑자기 옆에 있던 교무부장 형님이 제 어깨를 탁 치며 이렇게 말씀하시는 겁니다.

"야 원재야. 미안하다."

"갑자기 뭐가요 형님."

"부탄 가스는 영하 4도 밑에서는 불이 안 붙어……"

"아니 이 양반아. 물리 선생님이 그걸 이제야 말하면 어쩌라는⋯⋯"

그날 아침 온도가 영하 18도였습니다. 따뜻한 거 먹이려고 마음먹었으니 이왕이면 올해 가장 추운 날로 날을 잡자고 했던 제 발등을 찍고 싶었습니다. 이미 상을 다 차려놨으니 엎을 순 없고 방법을 고민하다가 학교 앞에 종종 들르던 식당에 냄비를 통째로 들고 가서 여차저차한 사정이 있으니 죄송하지만 이 냄비째로 어묵을 좀 삶아달라고 읍소했습니다. 그렇게 해서 겨우 아래 사진에서 보시는 바와 같이 어묵을 삶아 먹는 아침을 시작할 수 있었습니다.

이 시각이 아마 아침 일곱 시쯤 되었을 때였던 것으로 기억합니다. 사진의 모양새를 보면 나라가 망하기 직전, 절망을 몰아내고 왜적들을 물리치던 이순신 장군의 거북선처럼 보이지 않으신지요. 적어도 제 눈에는 강원도의 혹독한 추위와 어둠을 밀어내고 어묵을 삶아

귀찮음과 졸음을 털어내도록 도와주는 전함(戰艦)처럼 보입니다.

전기 물끓이기 안에서 어묵 국물이 끓으면 놀랍게도 그 냄새가 온 운동장을 가득 메우고도 남아 교문 밖까지 넘칩니다. 버스 정류장에서 내렸거나 손을 호호 불며 걸어오는 아이들의 발걸음을 빠르게 하기에 충분합니다. 그렇게 홀리듯 교정으로 들어서서 영하 18도의 아침에 만나는 따뜻한 어묵 국물. 아이들의 반응 역시 뜨겁습니다.

"쌤! 국물 대박. 이거 어디서 사셨어요?"

"사긴 어디서 사 예현아. 쌤이 직접 만들었지."

"쌤! 이거 맨날 해 주시면 안 돼요?"

"민주야. 쌤 오늘 아침에 다섯 시에 집에서 나왔다."

"헐……"

"그리고 이거도 가끔 해야 더 맛있지 녀석아. 맛은 어때?"

답이 뻔한 질문을 하면서도 제 눈은 말없이 국물을 홀짝거리는 아이들의 어깨가 풍선에 바람이 들어가는 것처럼 서서히 펴지고 부풀어 오르는 장면을 바라보고 있었습니다. 이 국물은 꼭 손만 녹여주지는 않겠지요. 물론 식도를 타고 들어가겠지만 몸도, 마음도 몽글몽글하게 만들어줄 겁니다. 그 온기와 환대의 마음이 그날 하루뿐만 아니라 추운 겨울을 넘어서 인생의 추운 계절을 우줄우줄 걸어가도록 도울 작은 손난로 하나로 새겨져 있기를 바랍니다. 아! 저 일이 있은 다음부터는 그냥 실내에서 어묵을 삶고 있으니 제가 감기 걸릴까 봐 걱정 안 하셔도 괜찮다는 말씀 함께 띄워 드립니다.

덧붙임) 이때까지는 제가 벌이는 캠페인의 이름이 '정선포차'였습니다. 그런데 시간이 아침이기도 하고, 학교에서 '포차'를 운영한다는 게 좀 안 맞는 것 같아서 아이들에게 새로운 이름을 공모했지요. 멋지고 웃기는 이름들이 많았지만, 최종적으로 제가 고른 건 '정선 가득한 아침'이었습니다. 우리가 함께 있는 곳이 정선이고, 먹을 것과 서로를 생각하는 마음이 '가득'하다는 뜻이 우러나고요. 언뜻 들으면 '정성' 가득한 아침 같잖아요. 그리고 '아침'은 단순히 우리가 만나는 시각만 이야기하는 게 아니라 새로운 시작이라는 뜻도 있으니까 요모조모 보아도 뜻이 참 좋았습니다. 가끔 '정선 가득한 아침' 사장—저의 또 다른 부캐입니다. 유사품으로 원다방 사장님도 있습니다.—으로 빙의해 다음 날 아침 캠페인을 연다는 전체 방송을 할 때가 있습니다. 그럼 아이들의 기대가 다음 날 아침까지 온 학교 복도를 비눗방울처럼 둥둥 떠다닙니다(심지어 온라인에도). 내일 아침이 기다려지는 학교. 그것이 정선 가득한 아침이 바라는 모습입니다. 이 이름을 패러디해 쓰려면 다음 근무지를 잘 골라야 하겠습니다. '고성' 가득한 아침이라든가, '진부' 가득한 아침 같은 건 좀 곤란할 테니까요.

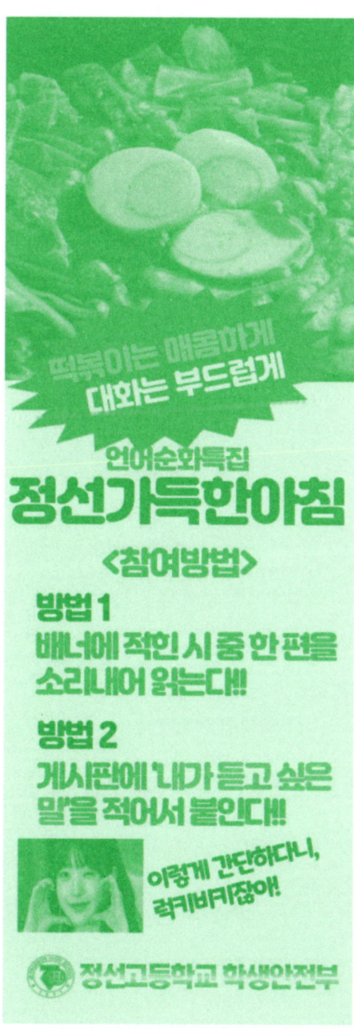
떡볶이는 매콤하게
대화는 부드럽게
언어순화특집
정선가득한아침
<참여방법>
방법1
배너에 적힌 시 중 한 편을
소리내어 읽는다!!
방법2
게시판에 내가 듣고 싶은
말을 적어서 붙인다!!
이렇게 간단하다니,
럭키비키잖아!
정선고등학교 학생안전부

2

나를 의 꿈은 무엇이었나

의 미 없어진 그 꿈들은 나에게 무엇이었나

스근히 떠오를 그 꿈들을 되찾아 낼 수 있을까

무의미한 후회 속에서 그들을 꺼 낼 수 있을까

살아간단 건 여전이 사라진 꿈의 의미를 깨견 하는 것,

잃어버린 희망을 떠올리는 것, 나로서 서는것

나의 꿈은 무엇이었나
의미 없어진 그 꿈들은 나에게 무엇이었나
스근히 떠오를 그 꿈들을 다시 찾을 수 있을까
무의미한 후회 속에서 그들을 꺼낼 수 있을까
살아간다는 건 아스라이 사라진 꿈의 의미를
　　재건하는 것, 잃어버린 희망을 떠올리는 것,
　　나로서 서는 것

— 학생 작품, '나의 스무 살'

모닝 와이드 떡볶이

유명세보단 네게 행복을 주는 사람

매일 매일은 아니더라도 무언가 쓰지 않고는 견딜 수 없을 때가 종종 있습니다. 속상한 일이 있을 때도 그렇고 무언가 벅찬 일을 만났을 때도 그렇습니다. 재미있는 책을 읽거나 좋은 영화를 보고 나서 그냥 잊어버리기 아까울 때도 제 감상을 남겨두려고 노력하는 편입니다. 스마트폰 용량이 커지면서 일상을 스치는 짧은 순간도 사진으로 기록해 두는데, 이걸 나중에 꺼내보면 사진을 찍었을 당시의 기억과 느낌이 되살아나서 글로 남기는 데 많은 도움이 됩니다.

제 인생을 큰 줄기에서 바라보면 말입니다. 스물여덟 살에 시작한 교사 생활을 정년까지 한다고 치면 약 30여년 정도가 될 테고 그동안 만나는 사람들과 제가 겪는 이야기를 모으면 퇴임을 앞두고 충분히 책 한 권쯤은 나올 것 같았습니다. 명색이 국어 선생으로 인생의 상당 부분을 살 텐데 제 인생을 기록한 책 한 권은 있어야 국어 선생님답게 살았다고 자부할 수 있을 것 같기도 했습니다.

그런데 운 좋게도 『당신이 잘되면 좋겠습니다』로 유명한 김민섭 작가님과 알게 되면서 제 이름을 단 책이 나오는 시간이 20년쯤 앞으로 당겨지게 된 겁니다. 유난히 눈물이 많은 김민섭 작가님이 제가 써 둔 몇 편의 이야기를 읽으시고는 눈물을 훌쩍거리며 덜컥 책으로 만들어 줄 테니 원고를 내 놓으랍니다. 네 번째 학교에 근무할 때였는데 제가 딱히 이야기를 새로 만들지 않아도 지난 10여 년, 세 학교에서 만나온 아이들의 이야기가 이때다 싶어 줄줄줄 저절로 흘러나왔습니다. 어쩌면 그 이야기들은 제가 꺼내기에 앞서 세상으로 그토록 나오고 싶어했었다고 느껴질 만큼 말입니다.

그렇게 만들어진 책이 바로 저의 첫 책,『체육복을 읽는 아침』입니다. 무명의 작가가 첫 책을 냈는데 4쇄까지 찍었으면 이건 야구로 치면 신인 타자가 프로 첫 타석에서 만루홈런을 친 거나 다름없다고 김민섭 사장님이 추켜세워주셨지만, 저는 책이 잘 돼서 기쁜 마음보다는 보잘것없는 원고로 출판사에 손해를 끼치지나 않아서 천만다행이라는 마음이 더 먼저 들었습니다.

학교와 학생들에 대한 이야기를 담고 있다 보니 선생님들을 통해 알음알음 알려져서 여기저기 강의도 불러다니고 인터뷰도 몇 번 했습니다. 그중에 경향신문과의 인터뷰가 아무래도 가장 기억에 남습니다. 경향신문 전 모 기자님이 서울에서 정선까지 오셔서는 아이들을 먹이는 이유, 학생부에 오래 남아 있는 이유 같은 것들을 상세하게 묻고 진지하게 들어주셨습니다. 기사도 아주 잘 나왔고요. 문제는 그 다음이었습니다.

이 기사가 경향신문 주말 섹션에 전면으로 나갔고, 인터넷 기사로도 같은 내용이 올라갔는데 이 인터넷 기사가 알고리즘을 어떻게 탔는지 조회수가 수백만을 기록한 겁니다. 그 덕에 하루 종일 네이버와 다음 메인 화면에 제 얼굴이 등장하는 영광을 누리기도 했습니다. 중앙 일간지와 포털의 영향력이 그렇게 큰 줄 그때 알았습니다. 정말 온갖 곳으로부터 연락이 오더군요. 가족과 친구 선후배는 말할 것도 없고 제 전화번호는 어떻게 알았는지 복지 단체에서 기부를 좀 하는 게 어떻겠냐는 연락도 오고, 김포에 사신다는 S타월 사장님은 제 캐릭터를 수건에다 박아서 한 천 장쯤 만들어 보내주시겠다고 하셔서 혼자 소리죽여 한참 웃었습니다. 크리넥스 티슈도 아닌데 제가 그걸 받아서 어떻게 다 씁니까. 감사하게도 학교에 장학금을 기부하고 싶다는 독지가도 계셨고, 23년전 제게 한국지리를 가르쳐주시던 선생님께도, 그 선생님께 한국지리를 같이 배웠지만 지금은 미국에 영구 이민을 간 고등학교 동창에게 '야 너 뭔데 지금 네이버에 하루 종일 얼굴이 떠 있냐?' 하고 20년 만에 안부 연락을 받기도 했습니다.

마침 그날 부동산에 들를 일이 있어서 집 근처 부동산의 문을 열고 들어가는데 자리에 앉아 안경을 코끝에 걸고 핸드폰을 내려다보시던 사장님이 입을 크게 벌리고 핸드폰과 제 얼굴을 번갈아 보시면서 손을 벌벌 떠시는 겁니다. 심장 발작이라도 오셨나 싶어 급히 곁으로 갔는데 사장님 핸드폰에 신기하게도 제 얼굴이 떠 있었는 걸 봤습니다. 네이버에서 제 기사를 보고 계셨는데 마침 그 기사 속에 있는 사람이 가게로 걸어 들어오니 깜짝 놀라셨었다고 합니다.

가장 놀라운 연락은 SBS에서 방영하는 아침 정보 프로그램인 '모닝와이드'의 작가님께 받은 거였습니다.

"선생님 안녕하세요~ 저는 SBS 모닝와이드의 OOO 작가입니다."

"네? 어디요?"

"SBS 모닝와이드요."

"저… 죄송한데 보이스 피싱 아니신…… 거죠.?"

"호호호호 그럼요 아니에요. 많이 놀라셨죠. 사실은 경향신문에서 선생님 인터뷰 기사를 보고 연락드렸어요. 등교맞이랑 학교폭력 예방 프로그램을 다양하게 운영하시던데 그걸 좀 취재하러 가고 싶어서요."

"아… 뭐 그… 제가 뭘 취재하실 만한 대단한 걸 하는 게 아닌데……"

"아니에요. 선생님 진짜 큰일 하시던데요. 우리가 취재를 좀 하러 가도 될까요?"

"아… 네… 일단 오시죠. 근데 서울하고 정선하고 되게 먼데 괜찮으세요?"

"그럼요! 우리는 전국 어디나 가니까요. 정확한 일시는 다시 연락드리겠습니다."

전화를 받았을 때부터도 그랬지만 전화를 끊고도

한동안 어리벙벙했습니다. 방송 출연, SBS, 슈퍼스타, 학교폭력 등등 여러 개의 단어가 머릿속에 둥둥 떠다녔지만 일단 잡아 앉혀놓고 가장 먼저 알려야 할 사람에게 전화를 걸었습니다.

“여보. 나야.”
“응 왜.”
“그동안 고생했어.”
“바쁜데 뭔 소리야. 뭐 잘못했어?”
“나 곧 유퀴즈 나갈 것 같아.”

모닝와이드에서 전화를 받았는데 웬 유퀴즈냐고요. 앞서 등장한 김민섭 작가님도 실제로 모닝와이드에 출연했다가 유퀴즈에까지 나가셨거든요. 제가 그 뒤를 따르게 되겠다는 생각이 그때는 들었지 뭡니까. 자초지종을 들은 아내는 다음 아침 캠페인의 메뉴를 물었습니다. 글쎄 하던 거 하는 게 좋지 않을까. 어묵이나 핫도그나. 아내는 혀를 쯧쯧 차며 비장한 말투로 말했습니다.

"방송에 나가는데 그런 밍밍한 건 안 돼. 강렬하게 해야지. 내가 마지막까지 아껴두라고 말하고 싶었는데 지금이 바로 그걸 쓸 타이밍이야."

"뭔데?"

"떡볶이."

사실 저는 떡볶이를 좋아하지 않습니다. 아내는 떡볶이를 무척 좋아해서 자기가 대학 시절에 다니던 떡볶이집의 떡볶이를 택배로 배달시켜 먹다가 이제는 그것보다 맛있는 떡볶이를 직접 만들어 먹습니다. 그런 아내와 연애를 2년쯤 하면서도 떡볶이집에 떡볶이를 먹으러 간 게 두 번 밖에 안 될 정도입니다. 요즘은 마라탕에 많이 따라잡혔지만 그래도 특히 제가 봐 온 여중생, 여고생들에게 떡볶이는 만병통치약… 은 좀 올드

하고 소울푸드, 섹시푸드라고 불리기에 이것 말고 다른 대체재가 없는 찬란한 음식이라는 생각을 하긴 합니다. 아내의 단호한 결단도 있고 해서 취재가 오는 날 아침 학교폭력 예방 캠페인을 위한 먹거리는 떡볶이로 정했습니다.

떡볶이를 만들 줄 아는 분들이라면 이 대목에서 어떤 재료를 떠올리셨을까요. 일단 떡과 어묵과 비엔나소시지는 기본이죠. 거기에 양배추, 고추장, 설탕, 물엿… 그럼 배합 비율은…? 이런 복잡한 고민을 할 필요가 없습니다. 어묵 이야기를 할 때도 말씀드렸지만 역시 자본주의 사회에서는 돈만 조금 투자하면 구하기 힘든 것이 별로 없습니다. 떡과 어묵을 제외한 나머지 모든 부재료의 맛을 농축시킨 마법의 가루 1kg를 인터넷에서 단돈 만 원!이면 구할 수 있습니다. 그냥 라면 스프라고 생각하시면 딱 맞습니다. 물에다가 재료를 넣고 이 스프를 붓고 끓이기만 하면 끝입니다. 한 입 먹어보면 맛도 끝내줍니다. 여러분께서 원하시는 모든 걸 담은 대기업의 맛이니까요.

떡, 어묵, 소시지, 메추리알 그리고 마법의 가루를 넉넉하게 준비해 두고 다음 날 아침을 기다리며 아내와 나란히 침대에 누웠습니다.

“유느님 만나러 갈 때 꼭 나랑 애들 같이 가야 돼. 애들은 체험학습 내고 나는 연가 낼 거니까.”

“당연하지! 이야. 학생부 오래 하니까 뭐 이런 날도 오는구나.”

“카메라 앞이라고 너무 긴장하지 말고 자연스럽게 행동해, 자연스럽게.”

“나 대학 다닐 때 연극반이었어. 아~무 걱정하지 마.”

“자기 유명해져도 학교는 그만두면 안 돼.”

“걱정 마. 내 본캐는 선생님이지. 아무리 유느님이 다시 보자고 해도 유퀴즈만 나가고 말 거야.”

그렇게 실없는 소리를 주고받던 중 모닝와이드 작가님께 전화가 걸려왔습니다.

"네 작가님 안녕하세요. 내일 캠페인 준비는 다 되어 있어요. 서울에서 여기까지 오려면 힘드실 텐데 일찍 주무시지 않으시고."

"선생님 늦은 시간에 전화드려서 죄송한데요. 우리 방송 일정이 꼬여서 이번에 말씀드렸던 촬영은 진행하기가 어려울 것 같습니다."

"아! 괜찮습니다. 재료들은 얼려놓으면 유통기한을 늘릴 수 있으니까……"

"그런 게 아니라, 내부 회의를 거쳐서 선생님 이야기에 대한 취재를 무기한 연기해서 다음에 좋은 기회가 있을 때 뵙는 것으로 결정을 하게 됐어요. 죄송합니다 선생님."

"아. 취소라는 말씀이군요. 아아 괜찮습니다. 하하."

“선생님 죄송합니다. 다음에 꼭 한번 연락드릴게
요.”

“아 네네. 들어가세요.”

조금 전에 주고 받았던 실없는 소리가 머쓱해서 그
날 우리 부부는 한바탕 웃고는 서로 일찍 잠든 척을 했
던 것 같습니다. 허풍을 친 것같이 된 남편은 아내 보기
가 민망해서, 기분이 붕붕 떠 있는 남편을 보던 아내는
괜히 다른 말을 하면 남편이 더 속상할까봐 그러지 않
았을까요. 물론, 이 취재가 없더라도 학교폭력 예방 캠
페인은 어차피 하려고 했던 일이었으니 예정대로 진행
했습니다. 아이들의 표정을 보며 그날 아침에도 무척
행복했지만 그 이후로 아침 정보 프로그램은 SBS 대신
MBC나 케이블 채널을 봅니다.

그로부터 꼭 1년이 지나 또 SBS에서 연락이 왔습
니다. 이번엔 ‘생활의 달인’ 팀이었습니다. 평범한 선생
님과 프로그램 제목이 너무 이질적이어서 무례하게도

한참 혼자 웃다가 제가 무슨 달인이냐고 되물었습니다. 그랬더니 제가 '학교폭력 예방의 달인'이랍니다. 큰 기대 하지 않고 오시려면 오시라고 했더니 이번엔 진짜 정선까지 오셔서 저의 하루를 찍어 갔습니다. 그런데 우리 학교가 지금 신축 공사 중인데 이것 때문에 PD님이 자기가 생각했던 그림이 당최 안 나온다며 방영을 무기한 연기한다는 연락을 돌려받고 말았죠. 그 이후부터 지금까지는 국가대표 축구 대표팀 경기도, 드라마도 뉴스도 SBS 대신 다른 채널 걸 봅니다.

SBS와의 일 말고도 다른 다양한 매체에서 인터뷰를 했습니다. 한국교육신문, 비즈니스 칼럼 등 교육 분야 외에도 여러 기자님들을 만났습니다. 저마다의 관점에서 제게 질문을 던지셨지만 빠지지 않는 질문은

"왜 그렇게까지 하세요?"

였습니다. 많은 것이 함축된 질문이겠지만 저는 다

른 사람들과 비슷한 모습으로 학생부장 노릇을 하지 않고 왜 아이들과 어울리고 맛있는 것을 먹이고 자꾸 다른 방법을 생각해 내냐는 질문으로 이해합니다. 서문에서도 말씀드렸듯이 같은 음식을 나누어 먹는 일은 같은 공동체 내에서나 가능한 일입니다. 같은 음식을 나누어 먹고 같은 경험을 공유하고 함께 웃다 보면 아이들은 서로가 같은 공동체의 일원임을 말하지 않아도 체득하게 될 겁니다. 그렇다면 치고받고 싸울 일을 말로 풀 수 있을 것이고 말로 싸울 일을 한 번쯤 양보하고 배려할 수 있게 될 거로 생각합니다. 학생부장이라는 직책을 맡고 있는 사람으로서 제가 하는 일들은 결국 학교폭력을 비롯한 다양한 사고 예방의 목적을 갖고 있다고 할 수 있습니다. 하지만, 그것뿐이라면 이 일을 지속하는 이유로는 조금 부족합니다. 다음 사진이 그 나머지에 대한 답을 드릴 수 있을 것 같습니다.

학교 현관에 막 들어선 남학생의 표정을 한 번 봐

주세요. 자기 앞에 무슨 일이 일어나고 있는지 알지도 못한 채 멍~하죠. 이렇게 대부분의 학생들은 학교에 올 때 영혼을 휴대하고 오지 않습니다. 다음으로 그 앞에 있는 마스크 쓴 여학생의 눈이 커진 게 보이세요? 멍하게 들어오다가 피부로, 코로 스미는 온기와 떡볶이 냄새가 아이를 깨웁니다. 그리고 맨 앞에 서 있는 여학생의 표정을 보셔요. 세상에나 떡볶이 한 컵이 이렇세나 반가울 일일까요. 이 사진이 공개되고 나서 저 여학생은 친구들로부터 '너는 열여덟 살이나 먹은 애가 저날 아침에 떡볶이 처음 봤냐'며 놀림을 엄청 받았더랬습니다.

학교폭력 예방이니 사고 예방이니 해도 제가 아침 잠을 아껴가며 이런 일을 하는 것은 결국 제가 교사로서만이 아니라 한 인간으로서 아침에 저를 처음 만나는 한 인간에게 이런 행복을 주는 사람으로 살 수 있기 때문입니다. 굳이 '사랑하는 것은 사랑을 받느니보다 행복하나니라.'고 했던 옛 시인의 말을 인용하지 않더라도 행복을 주는 사람으로 살 수 있는 기회를 갖고 있는 것, 그것을 실천하는 용기와 체력이 있다는 것은 참 감사한 일입니다. 이렇게 모닝 와이드 떡볶이는 아이들을 깨우는 음식이면서 제가 행복한 사람으로 살아가기 위한 원동력이기도 하답니다. 떡볶이 좋아하시는 분들은 인터넷에 떡볶이 분말을 검색하셔서 한번 주문해 보세요. 혼자 먹기에는 많을 테니 주변에 좋은 분들과 나눠 드시고 저처럼 행복을 주는 사람이 한번쯤 되어 보시길 권해드립니다.

무슨 말을
듣고 싶니

매년 4월이 되면 전국 학교에서는 학교폭력 실태조사라는 걸 합니다. 온라인으로 하는 건데 전교생이 대상이지요. 학교폭력 피해, 가해, 목격 응답을 다양한 유형으로 묻습니다. 지난 4년 동안 여기에 응답을 한 우리 학교 학생들은 없었는데 딱 한 가지, 언어폭력 피해나 목격 응답이 꼭 한 건씩 나옵니다. 담임선생님들을 통해서나 제가 직접 아이들을 유심히 보고 다시 피해 학생을 찾기 위해 노력하지만 나오진 않습니다. 이것 때문에 힘들다고 상담을 받거나 하는 친구도 없기 때문에 아마 서로 욕을 날리면서 대화하다가 기분이 조금 더 나빴던 누군가가 응답을 한 것 아닐까 생각해 봅니다.

하지만 그렇다고 아무것도 안할 순 없지요. 제가 국어선생님이라서 그런 것도 있지만 저는 말과 글이 가진 엄청난 힘을 믿습니다. 그래서 겸사겸사 언어순화특집 정선가득한아침을 엽니다. 메뉴는 학생부 창고에 쟁여둔 스프를 소진하기 위해 떡볶이로 정합니다. 이번 특집의 캐치프레이즈는 '떡볶이는 매콤하게, 대화는 부드럽게'입니다. 하지만 이번엔 추가 절차를 넣습니다. '말의 힘'을 잘 보여주는 시 세 편을 골라 배너로 만들었습니다.

"아름답다고 말하는 동안은 나도 잠시 아름다운
사람이 되어 마음 한 자락이 환해지고"
— 이해인, '나를 키우는 말' 중에서

"내 모진 소리에 무수히 정 맞았을 누군가를
생각하면 모진 소리, 늑골에 정을 친다.
쩌어엉 세상에 금이 간다."

— 황인숙, '모진 소리' 중에서

"잘된다 잘된다 말하면 안 될 일도
잘 되어줍니다."

— 유지나, '말의 힘'

제가 참 좋아하는 작품들입니다. 이 시들의 전문
이 적힌 배너 앞에서 처음부터 끝까지 낭독을 한번 하
면 떡볶이를 한 컵 먹을 수 있습니다. 이게 너무 길다 싶
으면, 옆 테이블에 놓여진 포스트잇 앞으로 갑니다. 내
가 해 주고 싶은 말 말고, 내가 듣고 싶은 말을 써 봅니
다. 부모님께 듣고 싶은 말, 선생님께 듣고 싶은 말, 세상
으로부터 듣고 싶은 말, 스스로에게 듣고 싶은 말을 차
례로 써서 벽에 설치된 타공판에 영역별로 붙여 봅니

다. 이렇게 해도 똑같이 떡볶이를 먹을 수 있습니다.

　　장난스런 말들도 나오지만 가장 많이 나오는 말 삼대장은 "힘들지. 그랬구나. 괜찮아."입니다. 정신과 의사 선생님들이 마음이 힘들어하는 사람들에게 해주기 제일 좋은 말이라는데, 역시나 답은 아이들 속에 이미 있는가봅니다. 행사가 끝나고도 포스트잇을 떼지 않고 몇 달 동안 거기 그대로 붙여둡니다. 그 복도를 지나다니다 보면 평소에 마음이 쓰이던 아이가 거기 적힌 글들을 하염없이 바라보며 서 있는 광경을 종종 보게 됩니다. 분명, 자기가 가장 필요하고 듣고 싶었던 말에 시선이 꽂혀 있을 겁니다. 역시 말과 글은 그냥 힘만 센 게 아니라 분명히 마음을 어루만지는 치유 능력이 있다는 걸 다시금 확인하는 날입니다. 아! 원재 너도 떡볶이 끓여주길 참 잘했다! 하고 제게 말해주며 셀프로 어깨를 툭툭 쳐 주며 그 아이의 힐링을 방해하지 않도록 발걸음 소리를 죽여가며 가던 길을 계속 갑니다.

빽다방? 정다방?
원다방!

수긍하고, 납득시키기

지금 제가 근무하고 있는 정선고등학교는 1951년에 개교했습니다. 역사가 오래된 만큼 이 지역에서 여러 가지 중심적인 역할을 하고 있지요. 정선교육청에서 하는 각종 사업들을 우리 학교에서 선도적으로 하게 되는 건 당연한 일이고요. 정선군청에서 현충일 추념식을 하면 학생 대표를 우리 학교에서 뽑아가고, 정선 향교에서 전통 성년식 행사를 할 때도 우리 학교 3학년 아이들을 한 스무 명쯤 뽑아달라고 요청합니다. 장소도 물론 우리 학교 체육관이고요. 심지어 정선 관내 어르신들 모시고 하는 경로잔치도 우리 체육관에서 합니다. 읍내 나가서 만나는 대부분의 사람들도 거의 우리 학교 동문들입니다. 그러니 학교가 존재해 온 그 긴 세월 동안 얼마나 많은 이야기가 이 학교 교정에 켜켜이 쌓여 있을까요.

이야기와 추억들만 쌓이면 좋겠지만 그 세월의 흔적은 학교 건물에도 공평하게 내려앉았습니다. 제가 처음 우리 학교에 발령을 받고 2월에 인사드리러 갔을 때, 마치 20세기로 돌아간 것 같았습니다. 실제로 20세기 후반에 지은 건물인 건 맞지만 실내를 리모델링했을 법도 한데 처음 지었을 때의 모습들이 그대로 남아 있더라고요. 대낮에도 복도가 어두컴컴한 게 밤이 되면 학교를 수십 년째 다니고 있는 여학생 귀신이 저~ 끝에서 제게 순식간에 파바바박 하고 다가올 것만 같은 상상도 수시로 들었습니다.

상상만 그런 게 아니라 건물이 낡아서 벌어지는 기

상천외한 일들도 있었습니다. 창틀이 옛날 거라 단열이 잘 안 되는 건 애교쯤으로 봐줄 수 있지만 장마철에는, 교실 앞에 있는 칠판 한 켠을 열면 물이 콸콸콸 쏟아져 들어와서 아이들과 교실에서 쓰레받기로 물을 퍼 내던 일도 있었죠. 그래서 결국 몇 년 간의 논의와 설계를 거쳐 지금 쓰는 건물의 바로 앞에다가 새 건물을 짓고 이 건물은 부수는 것으로 결론이 났습니다. 지금 이 글을 쓰고 있는 제 고개를 왼쪽으로 돌리면 거의 2년에 걸친 공사가 거의 마무리되고 있는 옅은 갈색의 건물이 보입니다.

공사를 시작하기 전에 가림막도 치고 차량의 이동로와 아이들의 통행로를 분리하기도 했지만 아무래도 안전사고 발생이 아주 많이 걱정되었습니다. 하도 가까이에서 공사가 진행되다 보니 소음이나 먼지는 물론이고 바닥에 돌가루, 못 같은 공사 자재들이 날려 다니는 경우가 많았거든요. 그래서 학생'안전'부장으로서의 막중한 책임감으로 전교생에게 계엄… 은 아니고 긴급

공지를 선포하기에 이르렀습니다. '특수한 사정을 제외하고는 공사가 끝날 때까지 일과 중 전면 외출 금지'라는 강력한 조치였습니다.

　사람의 일생을 넓은 시야에서 보면 급격하게 노화를 겪는 결정적인 시기가 몇 번 있다고 합니다. 대개 20년을 주기로 그걸 겪는데 그 첫 번째 노화의 시기가 스무 살쯤이라네요. 그러니까 우리 고등학생님들은 고학년이 될수록 생애 최초로 급격한 노화를 향해 달려가는 중인 거죠. 초등학생 중학생들이 수업 시간에 자는 거 잘 못 보셨죠? 이에 비해 고등학생들이 수업 시간에 그렇게들 엎드려 자는 건 게임이나 학원의 영향도 있지만 그냥… 늙어가는 중…이라고 생각하시면 그 꼴을 보실 때 조금은 시선이 너그러워지지 않을까 싶습니다.

　노화를 직격으로 맞고 있는 우리 아이들은 외출 금지령으로 대혼란에 빠졌습니다. 아이들의 항변을 들어보면, 4교시까지 겨우겨우 졸음을 참으며 수업을 듣고, 점심 급식까지 배불리 먹고 나면 혈당 스파이크가

온답니다. 그래서 학교 앞 빽다방이나 편의점에 들러서 당이든 카페인이든 충전하지 않으면 졸려서 오후 수업을 도저히 들을 수가 없다는 거죠. 사실 틀린 말이 아닙니다. 한창 따뜻한 날 5교시 중반쯤 학교를 돌아보면 작은 요양원으로 변신해 여럿이 꾸벅꾸벅 졸고 있는 교실을 목격하는 것도 그리 어려운 일이 아니거든요. 선생님들도 점심 때는 슬쩍 나가서서 커피를 보충하고 오시는 분들이 계실 정도니까요. 게다가 고등학생 정도 되면, 행선지만 담임 선생님께 정확히 밝히고 외출을 하고 돌아오는 게 충분히 가능하지 않습니까. 흡연이나 기타 좋지 않은 일을 하지 않는다는 서로 간의 신뢰가 있어야 하겠지만요.

그러나! 아무리 그렇다 한들 대(大)정선고등학교 학생안전부장의 체면이 있지 어떻게 좀 전에 한 말을 손바닥 뒤집듯 쉽게 바꾸겠습니까. 외출 금지를 철회하는 대신 외출의 가장 큰 명분인 당 충전을 제가 해 주겠다는 선에서 합의를 봤습니다. 아이들이 가장 좋아하는 음료가 아샷추(아이스티에 샷추가)인데 학교에서 학생들에게 카페인을 공공연하게 줄 순 없으니 그건 빼고 제가 아예 학교 안에 카페를 차려서 매일 아이스티를 원하는 만큼 제공해 주겠다고 큰소리쳤습니다. 일단 카페 이름부터 정하는 게 순서이니 아이들에게 물었습니다.

"야들아. 쌤이 이번에 학교 안에 카페 차린다는 거 들었지? 이름을 정해야 되는데 뭐 멋진 거 좀 없겠냐?"

"빽다방 같은 거요?"

"그렇지 바로 그런 거. 정선고에 차리는 거니까 정다방 어때."

"별론데요."

"그럼?"

"원다방이죠."

"원다방? 무슨 소리야?"

"아니 쌤. 백종원 아저씨가 사장이니까 빽다방이

잖아요. 그럼 우리 학교 카페는 원재쌤이 사장이니까 당연히 원다방으로 해야죠.”

그렇게 카페 이름은 간단하게 결정됐습니다. 장소는 특별한 일이 없으면 늘 비어있는 학생자치회실로 하고, 매일 점심 한시 20분부터 5교시 수업 시작 5분 전까지 약 25분씩 운영하기로 했습니다. 물론, 저는 바빠서 직접 못 하죠. 알바를 뽑기로 했습니다. 세상에, 교내 카페 알바를 뽑는다고 공고를 냈더니 전교생이 260명인 학교에서 이력서가 60장이 넘게 들어왔습니다. 내용을 훑어보면서 학생자치회 임원, 반장, 부반장, 공부 잘하는 친구들의 이력서는 싹 걷어냈습니다. 대신 실제로 카페에서 알바를 해 본 경험이 있는 아주 야무져 보이는 여학생들과, 그냥 인물이 훤칠한 남학생들을 뽑았습니다. 매출과 홍보 효과를 생각하면 남녀 성비에서 여학생이 조금 더 많은 인구 구조를 고려하지 않을 수 없었거든요. 자영업이란 머리 끝부터 발 끝까지 이렇게 어

학교폭력예방 캠페인

지원을 희망하는 친구들은
3층 학생부 교무실 이원재 선생님을
찾아오세요!(선착순 5명)

WON'S
COFFEE

원다방에서 함께 일할
인재를 기다립니다

[하는일]
카페 꾸미기,정리
음료 나누기
질서유지

[혜전]
생기부 특기사항 〈기재가능〉
알바하는 날 음료 한잔
사장님의 총애

렵습니다.

　10명이 2인 1조로 일주일에 하루씩 카페 알바로 활동합니다. 이 친구들을 공짜로 부려 먹는 건 나쁜 일이지만 그렇다고 알바비를 챙겨줄 수도 없으니 무언가 이 친구들에게 도움 될 만한 걸 고민했습니다. 물론 이래저래 확보해 둔 돈으로 가끔 회식도 시켜 주지만 무엇보다도 이 활동의 내용을 각자의 생활기록부에 이렇게 적어주기로 했습니다. '다른 사람들의 즐거움을 위해 기꺼이 자신의 쉬는 시간을 할애해서 봉사할 줄 아는 헌신적인 공동체 의식을 갖춘 학생임.'이라고요.

　원다방의 운영 방식은 간단합니다. 음료는 아이스티 단일 메뉴. 알바생들이 오전 중 쉬는 시간에 미리 음료를 만들어 둡니다. 그날 몇 명이 오든, 얼마나 남든 음료는 1인 1잔으로만 합니다. 알바를 하루에 두 명으로 배치한 것도 친한 친구들이나 무서운 선배들이 와서 음료를 강탈(?)하는 걸 막아보자는 의도도 있습니다. 그리고 마지막. 반드시 개인 컵이나 텀블러를 가져와야만 거기에 음료를 드립니다. 그렇게 하지 않으면 대개 종이 컵이나 외부에서 사용한 플라스틱 음료컵을 들고 오는데, 텀블러 사용을 강제하면 일회용품 사용도 줄이고 미세플라스틱 노출도 줄이는 장점이 있습니다. 아! 음료는 당연히 무료죠. 그래서 이 원다방에는 학생들뿐만 아니라 선생님들도 종종 텀블러를 갖고 오셔서 이용하십니다.

제가 할 역할은 원다방 사장으로서 적절한 음악을 선곡해서 틀어주는 일, 알바생들이 농땡이 부리지 않는지 지켜보는 일 그리고 어슬렁거리면서 손님들의 이야기에 관심 없는 척 귀를 기울이는 일입니다. 그러다 보면 3반의 주찬이와 4반의 예원이가 사귀다 헤어졌다더라, 체육대회 반티 색깔 정하는 것 때문에 3학년들이 1, 2학년 후배들을 갈군다더라, 어떤 선생님이 수업 시간에 괜한 말씀을 하셨다더라 하는 이야기를 가감 없이 들을 수 있습니다. 그럼 저는 문제가 커지기 전에 사건의 원점(?)을 선제적으로 타격하면 됩니다.

학생이 무슨 외출까지 해가면서 당 충전이냐. 학생 부장쌤이 외출금지라고 했으면! 시키면 시키는 대로 하는 거지 무슨 말이 그렇게 많냐. 문장의 외양을 보면 대단히 폭력적이고 구시대적인 말 같습니다. 하지만 특히 교사와 학생, 부모와 자식 간에는 여전히 이런 양상의 대화가 지배적인 것처럼 느껴집니다. 교사와 부모는 학생과 자식이 잘 되기를 바라는 마음으로, 자신이 살아온 경험과 쌓아온 지식을 바탕으로 충고와 조언과 평가와 판단을 제공합니다. 이것들은 교사라는 직업, 부모라는 권위를 바탕으로 아주 강력한 힘—때로는 강요라고 읽어도 무방합니다.—으로 작용하게 마련입니다.

그러나 지금 어른들이 갖고 있는 경험이나 지식은 빛의 속도로 변하고 있는 이 사회에서 우리 아이들에게 어떤 필요가 있을까 생각해 보면 저는 사실 잘 모르겠습니다. 확실한 것은 모종의 변화가 지금과는 전혀 다른 사회를 만들어 놓을 거라는 사실입니다. 그러므로 아이들이 그 시대를 살아가기 위해서는 당대에 필요한 지식과 기술을 스스로 만들어갈 수밖에 없다는 것이지요. 그렇다면 우리는 기존의 것을 강요하기보다, 새로운 것을 만들어 나갈 기회를 주고 도전하고 연습할 수 있는 시간을 그들에게 주어야만 할 것 같습니다. 그렇게 해주려면 우리는 말하는 대신 들어야 합니다. 권위를 내려놓는 대신 그들에게 무언가 전해야만 할 것이 있다면 논리적으로 합당하게 납득하고 수긍할 수 있도록 설득의 방법을 택해야만 할 것입니다. 그렇게 마주 보며 이야기하고 서로 마음이 통한 뒤에 나란히 앉아 마시는 원다방의 아이스티는 파는 맛보다 훨씬 달콤하답니다. 물론, 시중에서 파는 것보다 설탕이 좀 많이 들어가는 건 비밀…….

죽은 공간은 없다,
속닥속닥 불멍 캠핑장

우리 학교 1층 현관을 나서면 운동장 너머로 수백 년된 느릅나무가 보입니다. 가끔 심란할 때면 운동장 사열대에서 수백 년 세월을 버틴 느릅나무를 멍하니 보는 것만으로도 고민이 정리되는 듯했지요. 학교 현관은 아이들도 쉬는 시간이 되면 운동장으로 나와서 눕기도 하고 회전초밥—운동장 트랙을 따라 빙빙 돌며 산책하는 일—도 하러 갈 수 있는 숨통 같은 통로였습니다. 그런데 학교 건물을 지금 건물의 3m 앞에 짓는 바람에 먼지와 소음을 막으려고 방호벽을 두르게 되면서 현관이 막혀 버린 겁니다. 방호벽이 2층 높이까지 올라오는데 햇빛이 안 들어서 우울증 걸리겠다고 아이들의 원성도 자자했습니다.

출입이 불가능해지니 그 공간을 이용하지 않게 되고, 이용하지 않게 되니 사람들이 다니지 않게 되고, 다니지 않게 되니 불을 꺼두게 되고, 불을 꺼두게 되니 자연스럽게 으슥한 분위기가 연출되어서 다른 사람들의 눈을 피해 애정 행각을 불태워야 하는 커플들의 인기 여행지(?)가 되고 말았습니다. 커플들에게 상대적 박탈감을 느끼는 솔로들의 민원이 이어졌지만 저도 바쁜데 어떻게 매시간 거길 지키고 있겠어요. 처음에는 경찰서에서 쓰는 출입 금지 테이프를 사다가 금줄처럼 둘러보기도 했지만 효과는 전혀 없었습니다.

현관으로 내려오는 계단에 앉아 그 공간을 한참 동안 뚫어져라 쳐다봤습니다. 이 공간의 특성은 뭘까. 아무 아이디어가 떠오르지 않아서 현관 천장 조명을 켰

다 껐다 하다가 뭔가 팍 튀었습니다. 어둡다. 뭔가 반짝반짝한다. 어? 이거 캠핑장인데? 그렇다. 여기는 이제부터 캠핑장이다. 학생부 예산을 털어서 태권도장 바닥에 까는 매트를 현관 너비에 맞춰 구입합니다. 전기 코드를 꽂으면 불이 들어오는 불멍 스탠드도 두 개 사고, 그걸 보면서 멍때릴 수 있는 캠핑 의자와 인디언 텐트도 두 동 마련했습니다. 트리에 다는 반짝이 등까지 걸어주니 와, 이건 완전 캠핑장입니다. 블루투스 스피커로 캠핑장 음악도 틀어놨거든요.

안 그래도 인기 여행지였는데 텐트를 쳐주고 분위기까지 좋게 만들었으니 커플들이 더 오지 않겠냐고요? 그래서 캠핑장 관리인들을 섭외했습니다. 바로 또래상담반! 요즘 학교에는 선생님과 상담하자니 어색하고, 좀 가벼운 문제라서 어른들에게 말하기 좀 거시기하지만 누군가 내 얘길 들어줬으면 하는 친구들을 위해서 학생들이 상담자로 활동하는 또래상담반이라는 동아리가 다양한 형태로 운영되고 있습니다. 그 친구들이 텐트 안에 앉아서 매일 점심시간에 내담자를 기다리는 겁니다. 혼자 있기 뻘쭘하니까 그들의 친구들을 데려오게 되고 그 공간의 존재 목적이 달라지면서 커플들은 자연히 다른 장소로 떠나갔습니다. 요렇게 만들어진 그 공간에 '속닥속닥 불멍 캠핑장'이라는 그럴듯한 이름도 붙여줬습니다.

방음이 잘 안돼서 사실 또래상담반의 실적은 미미했습니다. 새 건물로 이사 오면서 속닥속닥 불멍 캠핑장도 역사 속으로 사라지고 말았지요. 하지만 죽은 듯한 공간을 상담의 공간으로 바꿔보려던 의도는 분명히 실패했어도 으슥한 공간을 캠핑장으로 바꾼 건 제가 생각해도 좀 잘한 일인 것 같습니다. 공간이 사람을 바꾼다는 말을 믿게 되었거든요. 이사 온 새 건물에도 멋대로 주물러보고 싶은 공간들이 있어서 호시탐탐 기회를 노리고 있습니다. 교장 선생님이 눈치채시지 못하게 확 바꿔놓고 얼른 다른 학교로 도망가고 싶습니다.

닭꼬치와
친해지길 바라

관계를 거미줄처럼
가로세로로 촘촘하게

마흔두 살이 되도록 살아오는 동안 부모님을 제외하고 제게 가장 큰 영향을 준 사람을 꼽으라면 역시 제 아내입니다. 직업도 똑같이 교사, 과목도 똑같이 국어라서 관심사도 비슷하고 대화도 잘 통합니다. 1984년생이라 나이도 동갑입니다. 여기까지 이야기하면 대부분은 동갑내기 부부라 친구처럼 재미나게 잘 살겠다고들 하십니다만, 일부는 맞고 일부는 좀 미묘하게 다릅니다. 친구처럼 재미난 부분도 있지만 우리 아내께서는 부부 사이에서도 위계질서를 엄격하게 적용하길 원하십니다. 아내는 6월생, 저는 8월생이라 생년은 같지만 생일이 두 달쯤 빠르시기 때문에 자신이 확실히 누나라고 주장하시는 편이지요. '오뉴월 하룻빛이 얼만데(감히 누나한테 까부냐)'라는 속담도 누님께 처음 배웠습니다.

농담 반, 진담 반이시만 우리나라에는 이렇게 상하의 위계질서를 엄격하게 따지는 문화가 뿌리 깊게 박혀 있습니다. 부부 사이에도 이런데 다른 집단에서는 오죽할까요. 그래서 '친구'라고 하면 나이와 관계없이 '가까이 두고 오래 사귄 벗'이라는 의미보다는 '같은 나이' 혹은 '같은 학년'인 사람을 일컫는 말에 더 가깝다고 느껴지는 것 같습니다. 그러니까 우리나라에는 외국 영화에서 보듯 할아버지와 소년이 나이를 뛰어넘어 하이파이브를 때리는 일은 아무래도 보기 힘듭니다. 즉 친구는 수평적인 관계에서나 가능한 일이 되는 것이죠.

하지만 학교에는 선배들과 후배들이 많이 있고,

동아리, 멘토 멘티 활동, 축제, 체육대회 등 서로가 교류할 수 있는 시간과 기회도 무척 많습니다. 학교가 사회생활을 하는데 필요한 기술들을 익히는 기관으로서의 의미가 있다면 이런 다양한 인간관계를 형성하고 갈등을 겪어보고, 같이 무언가를 해 보고 하는 게 가장 핵심적인 활동이 아닐까요. 최근 교육부에서 밀어붙이는 고교학점제라는 제도에서는 학년과 관계없이 원하는 과목을 수강할 수 있다고 주장하지만, 아직 우리나라 학교의 현실에서는 수업 시간에 학년을 뛰어넘어 무언가를 같이 할 수 있는 공식적인 기회는 별로 없습니다. 그러니까 수업 외의 시간에 무언가를 함께 할 수 있도록 기회와 분위기를 만들어줄 수밖에 없다는 것이죠.

다른 시, 도는 모르겠습니다만 강원도에는 학생부장들이나 학폭 업무를 오래 담당해오신 선생님들 중에 몇 분을 선발해서 업무 관련 해외 선진지 연수를 보내주는 프로그램이 있습니다. 저도 운 좋게 뽑혀서 2019년에 캐나다로 연수를 다녀왔습니다. 캐나다는 자연 환경이 끝내주게 멋지다고 들었는데 강원도에 살다가 거길 가니 산이 좀 더 높거나 호수가 좀 더 넓다는, 풍경의 사이즈만 좀 다를 뿐 별 감흥이 느껴지지 않았습니다. 역시 우리는 세상에서 제일 아름다운 금수강산에 산다는 국뽕이 차오르… 아, 아닙니다. 아무튼 그 연수 과정 중에 인디언 보호구역에 있는 한 초등학교에 방문해서 보았던 한 가지는 기억에 오래 남아 있습니다.

인디언 보호구역이라 그런지 몰라도 그 초등학교에는 무척 다양한 인종들이 모여 있었습니다. 백인, 동양인, 라틴계열, 흑인, 인디언의 후예까지 다문화 교육 자료에서나 볼 법한 그림이 펼쳐져 있었죠. 이 학교에 1학년 어린이가 입학을 하면, 각 학년별 한 명씩으로 구성된 새로운 공동체를 만들어 줍니다. 1학년부터 6학년까지 여섯 명이 새로운 가족이 되는 셈이죠. 그들이 이 아이의 학교 생활에 많은 도움을 줍니다. 화장실에 가고 싶으면 2, 3학년 언니 오빠들이 도와주고 산수가 어려우면 4, 5학년 형 누나들이 도와주고요. 심지어 친구들이랑 싸우거나 갈등이 생기면 대장격인 6학년들이 나서서 중재도 해주고 갈등 해결도 도와준답니다. 수평적인 친구 관계만 형성하도록 하는 게 아니라 수직적인 관계도 적극적으로 학교 적응 및 학교폭력(거기서는 스쿨 불링, school bullyng이라고 하더군요) 예방에 활용하고 있는 모습이 참 인상적이었습니다. 미국 문화권이라서 그랬는지 몰라도 마치 미식축구나 럭비에서 상대의 공격을 방어하기 위해 서로 팔짱을 끼고 스크럼을 짜고 있는 것과 비슷하다는 느낌을 받았습니다. 단순한 도움을 넘어서, 서로에게 책임감을 갖고 지지해 주는 관계의 중요성을 자연스럽게 배우는 거라는 생각도 들었습니다.

한국에 돌아와서도 똑같은 걸 시도해 보고 싶었는데 제가 그 당시 근무하던 학교의 전교생이 천백 명이 넘었기 때문에 엄두를 못 냈습니다. 그러다가 정선고에 와서 학생이 260명 정도면 해볼 만하겠다 싶어 시도해 본 거죠. 먼저 학생자치회를 통해 '친해지길 바라'라는 캠페인을 한다고 전교에 공지하면서 신청 폼을 돌립니다. 여기 신청한 친구들을 학년별로 한 명씩 뽑아 랜덤으로 그룹을 만들어줍니다. 그럼 캠페인을 하는 날 해당 장소에서 처음 만나 인사를 나누고 서로에 대해 간단한 정보를 교환한 뒤에 학생자치회에서 제시하는 미션을 통과하면 맛있는 닭꼬치를 먹을 수 있습니다.

닭꼬치는 휴게소에 파는 4·5천 원 짜리 큰 거 말고, 남자 어른의 가운뎃손가락만 한 걸로 마련합니다. 인터넷에 무척 많은 종류가 판매되고 있지만 대략 만 오천 원 정도면 20~25개 정도를 마련할 수 있습니다. 저는 닭꼬치를 굽고 있다가 미션에 성공한 아이들이 제 앞으로 오면 서로 학번과 이름은 아는지, 어떤 동아리에서 활동하고 있고 어떤 수업을 듣고 있는지 등 몇 가지를 랜덤으로 확인한 후에 닭꼬치를 건네줍니다. 미션도 학생자치회 아이들이 재치 있게 준비합니다. TV 예능 프로그램에 나오는 게임들로 구성하기도 하고, 우리 학교 선생님들의 사진을 출력해서 인물 맞히기 퀴즈를

내기도 합니다. 포인트는 어렵지 않게 여럿이 함께할 수 있는 게임이라는 점입니다.

옆의 사진에서 왼쪽 둘은 3학년, 그 오른쪽으로 각각 2학년, 1학년입니다. 학년이 내려갈수록 표정이 살짝 어색하긴 하죠? 고등학교 3학년쯤 되면 벌써 학교는 12년째 다니고 있기 때문에 학교 생활의 여러 가지 노하우를 갖고 있습니다. 학교 안에 조용히 짱박혀 시간을 보낼 수 있는 곳이 어디인지, 어떤 선생님은 어떤 날 조심해야 하는지, 선택 과목은 어떤 걸 골라야 성적을 잘 받고 수행평가도 수월하게 할 수 있는지와 같은 것들입니다. 이러한 경험들은 새로운 후배들을 만나 전수되면서 유구한 전통이자 학생들 사이의 공감대로 남고, 이런 경험을 쌓기 위한 선배들의 지난 시간은 가치 있는 것으로 전환됩니다.

후배들의 입장에서도 한 번 생각해 보죠. 사소하게는 화장실부터 공식적으로는 교실과 각종 특별실, 급식실로 이동할 때 복도에서는 정말 다양한 사람들을 만나

게 됩니다. 어색하기도 하면서 긴장되고 때로는 좀 두렵게 느껴지는 곳이기도 합니다. 그런 마음을 갖고 복도에 나섰는데 저 앞에 친해지길 바라 캠페인을 하면서 안면을 튼 선배가 서 있습니다. 그럼 거기까지만 가면 아는 척도 할 수 있고 주변에 다른 선배도 알 수 있게 되겠죠. 마치 깜깜한 바다를 항해하다가 등대를 만난 것과 같은 마음일 겁니다. 이 친해지길 바라라는 캠페인은 수평과 수직의 관계를 거미줄처럼 엮어서 선배에게는 효능감을, 후배에게는 안정감을 주고자 하는 일입니다.

그래서 저는 이 관계망이 거미줄같이 끈적끈적하게 작동하기를 바랍니다. 학교 밖으로 튕겨 나가려는 아이들은 끈적함으로 붙잡아주고, 위로 올라가려다 발을 헛디뎌 떨어지는 아이들은 아래에서 안전하게 받쳐주는 탄력 있는 고무망처럼 말입니다. 수직으로 보면, 닭꼬치를 먹임으로써 굳건한 막대기에 1, 2, 3학년을 한 줄기로 닭꼬치처럼 엮어 서로가 서로를 지탱하는 관계를 만들어주고자 하는 시도라고도 할 수 있겠네요.

　아이들이 친해지길 바라는 음식은 매콤한 닭꼬치에서 핫도그를 거쳐 데리야끼맛 닭꼬치로 바뀌어 왔습니다. 음식의 종류와 맛은 조금씩 바뀌어도, 서로 친해지길 바라는 마음과 어색함이 깨어지는 과정에서 산산히 흩어지는 눈부신 웃음은 언제나 그대로이길 바랍니다. 세상 모든 관계의 시작에 맛있는 핑계 하나쯤 줄 수 있다면 저는 내년에도 닭꼬치를 굽는 아침을 열고 있겠습니다.

나의 스무살을 돌아보면
의지 할 곳이 없었다
스무살의 나는
무지하고 부족했지만 그때의 내가 문득 나에게
      찾아왔을 때
살 갑게 맞이하며 안아주었다. 잘하고 있다며.

나의 스무 살을 돌아보면
의지할 곳이 없었다
스무 살의 나는
무지하고 부족했지만 그때의 내가 문득 나에게
　찾아왔을 때
살갑게 맞이하며 안아 주었다. 잘하고 있다며.

— 학생 작품, '나의 스무 살'

선생님 말씀을
좀 호떡같이 하시네요?

우리는 호떡보단
호빵이었으면 좋겠어

학교 급식소에서 급식을 준비하실 때는 예산을 효율적으로 사용하고 또 남겨지는 음식도 줄이기 위해서 식수 인원을 정확히 파악하고 음식의 양도 거기에 딱 맞게 준비하는 모양입니다. 그래서 소떡소떡이라든지, 디저트로 나오는 요구르트라든지 하는 것들이 맛있어서 하나 더 달라고 하면 수량이 다 맞춰져 있다면서 여사님들이 더 안 주시려고 애쓰시는 것 같아요. 물론 저는 급식소 조리원 어머니들하고 호형호제하기 때문에 남을 만하다 싶으면 슬쩍슬쩍 더 얹어 주십니다. 그래서 제가 살을 못 빼는 이유는 분명히 이 어머님들께 책임이…….

하지만 제가 '정선가득한아침'을 준비할 때는 그런 게 없습니다. 애초에 많이 먹이려고 하는 일이라서 인원수보다 좀 더 넉넉하게 준비하기 때문이죠. 예컨대 260명에게 어묵을 먹여야 한다면 300인분쯤 넉넉히 준비합니다. 먹을 만큼 먹고 남으면 학생부에 있는 고춧가루나 떡볶이 양념을(학생부에 이런 게 왜 있는지 묻지 마세요……) 풀어서 빨간 어묵으로 변신시킵니다. 분명 등교 시간에 어묵을 먹은 친구들인데도 1교시 후에 다시 내려와서는 냄비 바닥까지 싹싹 긁어 먹는 모습을 볼 수 있습니다.

양이 넉넉하니까 야박하게 학생들만 먹이고 그러지는 않습니다. 지나가는 행정실 직원분도, 밤새 당직 서고 퇴근하시는 할아버지도, 제일 일찍 나오셔서 학교 청소하시는 청소 종사원 어머니께도 푹푹 퍼 드립니다.

당연히 선생님들도 나눠드리죠. 그런데 이 선생님들 중에 버릇이 나쁘게(?) 드는 분들이 계십니다. 애들 주는 '김에' 선생님들께도 드리는 거 감사하게 드셔주시면 좋으련만, 다음번에는 뭘 해줄 거냐고 묻거나, 심지어는 정확한 메뉴를 주문하시는 분들도 계십니다. 매번 개인적으로 빌리기가 뭐해서 학생부 예산으로 구이팬을 샀더니 잘 됐다며 오코노미야끼를 구워달라고 3년 내내 말씀하시는 분도 계셨습니다.

뭐 그런 말에 일일이 스트레스받을 거 있습니까. 붕어빵에, 타코야끼에, 소떡소떡에 온갖 요청을 받았지만 거 월급 받아서 다 어디 쓰시냐고, 지역 경제 활성화를 위해서 읍내에서 사드시라고 웃음으로 넘겨 왔지요. 그러던 어느 날, 어묵 국물을 홀짝거리시던 한 한 선생님이 제게 말씀을 건네셨습니다.

"어머~ 부장님 어묵 국물 너무 맛있어요."
"아 감사감사. 많이 드세요. 더 드려요?"

"아니아니 괜찮아요. 다음번 메뉴는 뭐예요?"

"아직 계획 없어요. 어묵 국물 있을 때 많이 드세요."

"부장님 호떡 해주세요, 호떡."

"…… 그거 저기 읍내 사거리에 가면 팝디다."

"부장님 호떡 해 줘요. 호떡."

"아, 호떡 300개를 어떻게 만들어요? 아침부터."

"아~ 호떡은 못 하시나봐요."

"아니 이 양반이 뭐 말씀을 좀 호떡같이 하시네?"

말의 힘이 이렇게 힘이 셉니다. 어묵 삶은 냄비를 설거지하고 교무실에 올라가 앉자마자 호떡 재료를 주문하고 있는 저를 만나고 말았거든요. 아오 어찌나 얄밉게 말씀하시던지요. '그래! 내 보여주지!'라는 마음이 저기 저 발가락으로부터 척추를 타고 정수리까지 올라오는 데 0.1초도 걸리지 않았던 것 같습니다. 지나고 나서 생각해 보면 제 성미를 제가 못 이겨 스스로 고

생문에 든 거 아닌가 싶습니다.

　호떡 재료라고 해서 뭐 대단한 게 있는 건 아닙니다. 마트나 동네 슈퍼에 가도 소량으로 포장된 호떡 믹스 가루를 팔지요. 그러나 반죽하기도 번거롭고 대량으로 할 수도 없는데, 역시 자본주의의 파워는 굉장합니다. 이미 반죽에 발효까지 돼서 소만 넣고 구우면 끝나는 상태의 재료를 소를 포함해서 세트로 팔고 있습니다. 5kg에 이만 원도 채 안 하는데, 이거 세 개면 300명은 먹고도 남습니다. 여기에 마가린과 식용유, 키친타올, 휴지, 호떡 뒤집개, 집게 정도만 마련하면 준비는 끝입니다.

　만들어 본 경험이 없거나 손재주가 꽝이라도 호떡 만드는 건 별로 어렵지 않습니다. 팬에다 식용유를 넉넉히 붓고 달굽니다. 그동안 손만두 정도 크기로 반죽을 떼어내서 양손 엄지로 가운데를 눌러 홈을 만든 후 숟가락으로 소를 한 큰술 부어 넣고 공처럼 뭉친 다음 팬에 올립니다. 기름을 묻힌 호떡 뒤집개로 납작하게 누른 뒤 아랫면이 어느 정도 익었다 싶으면 뒤집어서 반대면을 익힙니다. 이렇게 글로 읽는 것도 어렵게 느껴지시면 그냥 유튜브에 검색해 보세요. 10초면 배울 수 있습니다.

그러나 만드는 게 아무리 간단하다 해도 이런 일을 저 혼자 하기는 어렵습니다. 학생부 선생님들과 학생자치회 친구들이 일씩 나와서 이것저것 짐도 나르고 옆에서 거들어 줘야 장사(?)를 제대로 할 수 있습니다. 한 번도 아니고 한 달에 한 번씩 그렇게 부려 먹으려면 맨입으로는 안 되겠지요. 그래서 뭔가를 먹여야 하는데 돈이 없으니, 이 호떡은 학생들에게는 그냥 주는 대신 선생님들께는 몇 천원씩 받고 배달을 해 드렸습니다. 강매의 느낌도 없지 않았지만, 웃어 넘겨주신 교장선생님부터 여러 선생님들께 이 지면을 빌려 감사의 말씀을 드립니다.

호떡을 부쳐서 주변에 나누면, 그 호떡은 사람들의 얼굴에서 웃음으로 핍니다. 그걸 보며 참 행복했습니다만, 우리 학교를 벗어나 우리 사회 전반과 교육계를 넘나드는 소식을 접하다 보면 이 쇠판에 납작하게 내리눌린 호떡 반죽의 꼴과 기름 속에서 점점 타 들어가는 모습에서 저를 비롯한 우리 선생님들의 모습이 떠오릅니다. 제가 학교에서 죄충우돌하는 일들을 책으로도 내고 인터뷰도 하고 강의도 다니고 하면서 마치 제가 혼자 다 하는 것처럼 말을 할 때도 있지만 그건 결코 사실이 아닙니다. 드러나지 않는 곳에서 도와주는 동료들, 말없이 응원하고 지지해주시는 선배님들, 아침잠 아껴가며 거들어 주고 아이디어도 더해주는 학생자치회 친구들이 있기 때문에 가능한 일들입니다. 말하자면, '혼자서 할 수 있는 일은 없다'고 할 수 있습니다. '혼자서 되는 건 없다'고 표현해도 별 차이 없겠습니다. 또 다르게 표현하자면 '혼자 이렇게 만든 건 아니다'고 말해보고 싶습니다.

제가 이 글을 쓰고 있는 시점은 2025년 5월 말입니다. 지난주에 제주도에서 너무나도 마음 아픈 소식이 전해졌습니다. 민원으로 시달리던 한 40대 선생님이 학교에서 스스로 목숨을 끊으셨다는 내용이었습니다. 책임에 짓눌려 돌아가신 선생님들의 이야기는 이분이 처음이 아닙니다. 전국에 흩어져 있던 이야기들이 작년 서이초 선생님의 죽음이 언론에 크게 보도된 이후 수면 위로 조금 더 자주 떠오를 뿐입니다.

무거운 책임감으로 외롭게 고통받고 계신 동료 선생님들께 전하고 싶습니다. 내 담임 학급, 내 수업 학급, 내가 만나고 가르치는 아이들, 뜻대로 되지 않는 아이들, 나를 존중하지 않는 관리자, 나를 함부로 대하는 학부모와 민원인. '그들은 내가 혼자 만든 게 아니다', '혼자 다 떠안으려고 하지 말자'는 말씀을 그 앞에서 되뇌시면서 스스로를 지켜내시길 바란다는 말씀을 꼭 드리고 싶습니다.

제가 학교에서 하는 일들은 무언가 거창한 걸 만

들어내기 위한 게 아닙니다. 작은 시도로 큰 변화를 이끌어 내겠다는 그런 철학이 있는 것도 아닙니다. 먹는 걸 통해 서로 좋은 관계를 맺고 너도 나도 숨 좀 쉬자는 제 생존의 방법일 따름입니다. 제가 만든 납작한 호떡을 보면서 우리 선생님들이 마치 호떡처럼 납작하게 눌려 기름 위에서 타 들어가고 있는 모습을 떠올리는 건 너무 속상하고 슬픕니다. 그렇게 외롭게 눌려갈 동안 동료들은, 선배들은, 무엇하고 있었을까요. 아니, 그들도 역시 거봐 너도 호떡이지 너도 호떡이지 하면서 같이 눌려있었던 건 아닐까요.

안타깝게 돌아가신 故 현승준 선생님의 명복을 빕니다. 새로 만들어진 정부 아래에서는 우리 선생님들이 과도한 책임과 업무에 짓눌린 호떡이기보다는, 기와 어깨가 그나마 좀 펴진 호빵처럼 살 수 있기를 기대합니다. 그리고, 너무 무거운 책임과 짐에 눌리지 마시고 너무 고되거든 선우정아의 노래 가사처럼 안되면 그냥 도망가시면 좋겠습니다. 잠시 갔다가 다시 돌아오시면 그만이니까요. 무엇보다도 우리가 서로를 더 자주 지켜보고, 더 빨리 끌어안을 수 있게 되기를 바랍니다. 호떡을 만들다가, 구멍이 나면 그냥 옆에 있는 반죽을 대충 끌어다 붙이면 구멍이 메워집니다. 그런 것처럼, 우리가 서로의 마음을 메울 수 있는 따뜻한 반죽으로 살아갈 수 있었으면 좋겠습니다.

오늘 찍을 번호를
룰렛으로 알려주마

내가 스치는 모든 것이
배움의 도구

수능도 그렇지만 학교에서 치르는 정기고사 문항은 대부분 5지선다입니다. 선생님들은 1번부터 5번까지 중에 특정 번호에 정답이 몰리지 않도록 대충 개수를 맞춰서 출제합니다. 한 번호가 연달아 나오지 않게도 조정을 하지요. 그러니까 특정 과목을 공부를 못해서 전부 찍어야 하는 학생 입장에서는 랜덤으로 번호를 막 찍는 것보다, 오히려 한 번호로 줄을 쫙 세우는 게 25%에 가까운 득점을 안정적(?)으로 올릴 수 있는 현실적인 전략이기도 합니다. 제가 지금 뭘 가르쳐 드리고 있는 건지……

　나름대로 공부 안 한 티를 감추려고 랜덤으로 번호를 찍고서 낮은 점수를 받을 것이냐, 출제한 선생님과의 정서적인 유대를 포기하는 대신 같은 번호로 한 줄을 세우고 안정적으로 25%의 점수를 확보할 것이냐 하는 고민에서 후자를 선택했다고 해도, 또 하나의 고민은 여전히 남습니다. 그럼 다섯 개 중에 몇 번을 고를 것이냐. 등굣길에 들른 편의점에서 아침으로 뭘 먹을지 일생일대의 고민을 거쳐 학교에 온 아이들이 또 다른 고민 앞에 좌절하지 않도록 회전판 룰렛을 하나 마련했습니다.

　인터넷 쇼핑몰 11번가에서 이 회전판을 3~4만 원 정도에 살 수 있습니다. 화이트보드 같은 재질이어서 보드 마카로 글씨를 쓰고 지울 수 있습니다. 1번부터 5번까지 번호를 써 놓고, 등굣길에 아이들을 불러 한 번씩 돌려보게 합니다. 오늘 몇 번으로 줄을 세울지 이 룰렛이 대신 골라주는 셈이죠. 그리고 하나의 재미를 더 추가합니다. 1번부터 5번까지 각각 그에 해당하는 간식을 하나씩 받아 갈 수 있도록 합니다. 역시 시험 기간에는 머리를 평소보다 많이 쓰니까 단 걸 함께 준비합니다. 1번은 초코볼, 2번은 과일맛 캐러멜, 3번은 막대사탕, 4번은 아몬드 초코볼, 5번은 조코바입니다.

그리고 이번에도 당연히 그냥 나눠 주진 않습니다. 저는 공무원이니까 당연히 예산 사용 취지에 맞게 활용을 해야죠. 각각의 간식에 "시험이 되게 중요해 보일진 몰라도, 결코 너의 모든 걸 말해줄 순 없어. 점수랑은 상관없이, ♥너는 소중하니까. 사랑해.♥"라는 응원의 문구를 라벨지에 인쇄해 붙여서 줍니다. 수업을 들으면서, 자습을 하면서 간식을 꺼내 먹을 때마다 이 글귀를 읽게 되겠지요. 문제를 틀려서 조금 기분이 나빠도 이 단 것들이 시험 때문에 단거(danger) 해지는 순간들을 조금이라도 덜어주지 않을까 하는 그런 기대입니

시험이 되게 중요해 보일지 몰라도,
결코 너의 모든 걸 말해줄 순 없어.
점수 랑은 상관없이,
♥너는 소중하니까. 사랑해♥
원재쌤 인스타
@iweonjae375
학교 인스타
@jeongseon_highschool
LOTTE
ALMOND
진한풍미
정선고등학교
JEONGSEON HIGH SCHOOL
1951
학생안전부

다. 룰렛이 꼭 내가 원하는 칸을 지나 다른 칸에 멈추는 것처럼, 인생 역시 내가 의도치 않더라도 실패를 지나 기쁨으로 멈춰 서는 순간이 있음을 아이들이 조심스럽게 느끼기를 바라면서요.

조금 더 전의 이야기지만, 어느 무더운 여름날이었습니다. 지난겨울 어묵을 함께 삶았지만 이제는 다른 학교로 전근 가신 선배 선생님의 페이스북 게시글을 보고 있었습니다. 학교 앞 분식집이 폐업해서 쓰던 집기를 당근마켓에 올렸는데, 그중에 슬러시 만드는 기계를 7만 원에 사셨다는 겁니다. 이 더운 여름, 슬러시!! 구미가 확 당겼지만 차마 사자마자 그걸 빌려달라고 하는 건 좀 염치가 없기도 하고 성능이 멀쩡한지 테스트도 해 봐야 하니까 일단 그 학교에서 사용하시는 걸 한번 지켜봤습니다. 잘 돌아가는 걸 보니 그 분식집이 망한 원인이 슬러시 기계의 성능 때문이 아니라는 건 확실해졌습니다.

이윽고 정선에서 태백까지 한 시간 반을 달려 기

계를 빌려다가 우리 학교에서도 성능 테스트에 들어갔습니다. 그런데, 분식집 운영이 이렇게 땅 짚고 헤엄치기인 줄 몰랐습니다. 일단 코드를 꽂고 스위치를 켜면 두 칸으로 구분된 프로펠러가 돌아가고 내부가 냉각이 되기 시작합니다. 거기에 1.8L 과일맛 탄산음료를 아무거나 넣고 30분쯤 기다리기만 하면 저절로 슬러시가 만들어져서 나옵니다. 아마 그걸 살살 얼리면서도 덩어리지지 않게 프로펠러가 계속 섞어주는 역할을 하나 봅니다. 이천 원짜리 페트병 하나에서 종이컵 슬러시 3~40잔이 나오니 이걸 하나에 천 원만 받는다고 쳐도 수익률이 엄청납니다. 아내에게 이런 얘길 하면서 우리 둘 다 퇴직하면 분식집 없는 큰 학교 앞에다 분식집을 차려보자고 했더니 진지하게 눈을 반짝였습니다.

1층 현관에 기계를 차려놓고 스위치를 올립니다. 어제 이미 홍보했으니 수업 시간인데도 쉬는 시간을 기다리는 아이들의 다리는 이미 떨립니다. 전교생이 먹을 만큼은 시간 안에 만들 수가 없고 그러자면 빨리 가서 줄을 서야 하니까요.

먹을 거 앞에선 만민이 평등하다는 입장이지만, 이 날만큼은 3학년 아이들을 먼저 불렀습니다. 이때가 8월 말, 한참 대입 수시모집 원서 작성 및 접수를 고민할 시기였거든요. 마흔이 넘고 보면 대학 간판이나 전공 선택이 인생의 모든 것이 아니라는 걸 조금은 알게 되지만 열아홉 살에게는 그 시기가 얼마나 힘듭니까. 처음으로 자기 인생의 주요한 분기점에 서 있으니까요. 더구나 여기서 실패하면 인생이 몽땅 망할지도 모른다고 온 세상이 겁주기도 하잖아요.

하지만 땀이 줄줄 흐르는 더운 여름날, 더위와 지친 마음을 식혀주는 건 태풍 같은 커다란 바람이 아니라 잡힐 듯 말 듯하게 목덜미를 스치는 실바람입니다. 그런 마음으로 슬러시 기계를 돌렸습니다. 그 옆에는 우리 학생부의 시그니처 아이템 블루투스 스피커로 소녀시대가 부른 '힘 내!'를 반복 재생으로 틀어놓았습니다. 제가 제일 좋아하는 노랫말도 배너로 만들었지요.
누가 가사를 썼는지 몰라도 고3들에게 들려주기 정말
잘 어울리는 문구입니다.

"하지만 힘을 내 이만큼 왔잖아."
"이것쯤은 정말 별거 아냐."
"세상을 뒤집자. Ha!"

대상이 교과서 안에만 있다고 생각하면 왜 학교를 야바위판으로 만드느냐고, 왜 노후 대비 분식집 개업 연습을 공적인 공간인 학교에서 하냐고 물으실 수도 있겠습니다. 하지만, 시험으로 줄 세우고 실패하면 재기의 기회 없이 나락으로 간다는 압박 속에 살아가는 우리 학생들에게 인생은 회전판 같은 거라고, 오늘의 실패가 끝이 아니라 돌고 돌아 성공을 만날 수도 있는 게 인생이라는 걸 알려주는 도구로 활용할 수도 있지 않을까요. 실패는 정답이 아닌 것을 선택하는 데서 오는 게 아니라 시도하지 않는 것에서 오는 거라고요. 그리고 그걸 배우는 공간이 학교라면 우리는 그 배움을 위해 어떤 도구든 쓸 수 있어야 한다고 생각합니다.

고물상으로 보내야 할 낡은 기계와 별로 많지도 않은 음료수 그리고 약간의 노동력만으로 많은 이들에게 기쁨을 줄 수 있다는 걸 보여주면 나눔과 다정함을 실천하는 일이 그리 어렵지만은 않다는 깨달음을 줄 수도 있지 않을까요. 그럼으로써 아이들에게서 흘러나

오는 작은 용기와 실천, 다정함이 우리가 사는 세상을 그래도 살 만하게 유지시켜 주는 거라고 생각하며, 저는 오늘도 당근마켓을 들락거립니다. 혹시 제가 근무 시간에 핸드폰으로 당근마켓을 살피고 있는 걸 보신다면 놀고 있는 거 아니니까 신고하시고 그러면 안 됩니다. 거기서 또 무슨 재미난 도구를 건져 올리고 있을지 모르니까요. 또 좋은 물건 건지면, 어떻게 써먹을지 꼭 공유해 드릴 테니 제 인스타그램을 수시로 참고해 주세요.

결혼 이민자가
가장 많은 나라는?

시류에 휩쓸리지 마세요 선생님

학기 종료가 얼마 남지 않았던 겨울의 부장교사 회의 시간이었습니다. 교무부장님께서 다음 주에 있을 업무들에 대한 설명의 끝에 한 마디를 덧붙이셨습니다.

"내년에 우리 학교에 외국인이 한 명 입학할 것 같습니다."

"우리가 무슨 국제 학교도 아니고 갑자기 외국인이요?"

“네. 태국인이랍니다.”

“태국인이요?”

지면에는 물음표를 하나만 썼지만, 다른 선생님들의 놀람을 표현하려면 저거보다 대여섯 개는 더 적어야 적절했을 겁니다.

“참고로 한국어는 물론이고, 영어도 한마디도 못한답니다.”

사실 그 태국인 친구는 지난해에도 우리 학교에 입학하고 싶다는 의사를 밝혀왔었습니다. 그런데 앞서 말한 것처럼 의사 소통이 안되니 어느 정도 한국어를 익힌 다음에 입학하려고 1년을 유보한 거였죠. 그런데 그 1년이 지났으니 이제 바야흐로 때가 된 것이었습니다. 한국어를 1년 배웠다고 고등학교 교육과정을 따라올 수 있을 것인지에 대한 답 없는 갑론을박이 이어지는 가운데 제 고민은 다른 지점에 가 닿았습니다.

사람들은 대부분 자신과 다른 존재를 두려워하거나, 싫어하는 경향이 강합니다. 특히 우리나라 사람들은 그런 마음이 유독 더 강한 것 같습니다. 그러다가 나와 다른 존재가 두려워해야 할 대상이 아니라고 판명나면 그때부턴 괴롭힘이 시작되기 십상입니다. 또 우리 사회 구조와 통념상 한중일이(때로는 중국마저도) 아닌 아시아 사람에 대한 편견과 무시가 은근히, 아니 꽤 만연하다는 건 비밀 아닌 부끄러운 비밀이죠. 그러니까 말도 안 통하고 피부색도 다른 이 태국 아이는 벌써 예비 학교폭력 피해자라는 생각에 이르렀습니다.

하지만 우리가 예방 교육이 부족해서만 학교폭력이 일어나는 것이 아니죠. 학교폭력의 또 다른 출발점은 서로에 대한 이해와 소통의 부족입니다. 분명히 저 애가 날 뒤에서 험담하고 다닌다고 친구가 전해줘서 무지 화가 났고 어떻게든 복수를 하고 싶었는데, 직접 만나 이야길 나눠보면 금세 오해가 풀리고 화를 냈던 자기가 부끄럽게 느껴지는 경우가 많습니다.

그러나 소통은 꼭 언어로만 하는 것도 아니지요. 사랑에 빠진 연인들이 서로에게, 갓 태어난 아가와 엄마가 꼭 언어로만 서로의 사랑을 전하는 건 아니잖아요. 흔히 비언어적 표현 또는 언어 외적 표현이라고 하는 표정, 눈빛, 몸짓, 향기, 문화적 관습 같은 것들로도 상당 부분 의사소통이 가능합니다. 제가 교육 극단 한 곳과 인연이 되어서 가끔 연극 대본도 쓰다 보니 그 생각이 탁 났어요. 아! 아이들이 언어보다 먼저 몸짓과 눈빛으로 의사소통을 할 수 있게 몸짓 언어, 그러니까 연기를 가르치자!

목표가 생기면 방법이야 어떻게든 찾게 됩니다. 학교로 연기 수업을 하러 와 주실 극단을 모시고 수업을 구성하는 데 필요한 예산은 도내 외국어교육원에서 진행하는 다문화 교육 정책학교 사업에 지원해서 마련했습니다. 스스로 생각하기에도 연극을 통한 상호 이해와 학교폭력 예방이라는 제목을 붙인 게 기가 막혔습니다. 그렇게 무려 오백만 원의 예산을 타 오고 날짜에 맞춰 극단 섭외도 마쳤습니다. 그렇게 신나는 마음으로 새 학기를 기다리던 2월 중순, 이듬해에도 연이어 교무부장을 맡기로 하신 선생님을 복도에서 만났습니다.

"학생부장님! 기분 좋아 보이시는데요? 소식 들으셨나 봐요?"

"예? 무슨 소식이요?"

"그 왜 우리 학교 입학하기로 했던 태국 친구요. 아무래도 언어가 안 되니까 고등학교 진학은 어렵다고 생각했나 봐요. 우리 학교 말고 중학교로 입학하기로 했어요. 학교폭력 때문에 고민 많으시더니 걱정거리 하나 더 셨네요?"

"……"

학교에서 쓸 수 있는 돈은 자체 예산도 있지만 상급 기관에서 받은 목적 사업비라는 것도 있습니다. 전자는 학교에서 적당히 조절해서 윗돌 빼서 아랫돌 괴고 할 수 있지만, 목적 사업비는 해당 목적 사업에만 써야 됩니다. 다문화 교육 정책학교 명목으로 사업비를 받았으면 무조건 거기에만 써야 하고, 중간에 반납도 안 됩니다. 그러니까 아아 님은 가고 나만 남은, 태국 학생은 가버리고 쓸 곳 없어진 예산만 남은 난감한 상황이 된 거죠. 다른 학교 운영 사례를 보면 학부모님들 모셔서 요리 교실도 하고 한국어 가르치는 방과후 수업도 하고 어디 멀리 좋은 데 체험학습도 가고 하더랍니다만은, 우리 학교엔 전교생 중에 다문화 가정 학생이 3%도 안 되고, 그나마 그 아이들도 자신이 다문화 가정 학생이란 걸 극도로 밝히길 꺼립니다.

얘기 나온 김에, 이제 차별과 낙인의 상징과도 같이 된 '다문화'라는 단어도 좀 바꿔 썼으면 좋겠습니다. 『우리는 언제나 타지에 있다』(2024, 위고)라는 책에도 나옵니다만 '이주배경청년' 또는 '이주배경청소년'과 같은 단어를 쓰면 어떨까 합니다. 아무튼, 이런 상황에서도 예산은 어떻게든 써야 하니까 머리를 열심히 쥐어짰습니다.

　러시아를 비롯한 '―스탄'계열 나라들과 태국, 말레이시아 등등 영어권이 아닌 나라들의 회화책과 사전을 구입해서 아이들이 자주 다니는 길목에 비치해 보기도 하고, 미술 선생님을 구슬려서 온 벽에 벽화를 그리기도 하고, 다문화 관련 시를 많이 쓰시 하종오 시인의 작품들을 시화로 만들어 복도 게시판에 걸어두기도 했습니다. 국어 교사인 제가 보기에 이주민들의 삶을 쉬운 말로 내면까지 이해하기 쉽게 잘 쓰인 작품이라 몇 작품 소개해 드리고 싶습니다. '탈북 캐디 이소희', '힘내라, 네팔 ― 외국인을 위한 한국어 초급반 1', '신분', '동승' 같은 작품들은 한 번쯤 시간 내서 읽어보셔도 좋겠습니다. 그런데, 수업 시간에 시험에 나온다고 수행평가에 낸다고 목청을 높여도 애들이 볼까 말깐데 아무리 좋은 작품이라도 벽에 걸어놓고 보든지 말든지 해라, 하면 애들이 볼 리가 만무합니다. 게다가 요즘 물가가 하늘 높은 줄 모르는데도 이런 일에는 돈도 얼마 안 듭니다.

이 돈을 어떻게 다 써야 하나 고민하며 학교 주변을 걷고 있었습니다. 수능이 다가오는 계절 11월의 하늘은 참 파랗고 높습니다. 그 하늘에 제 멋대로 걸려 있는 구름들은 그야말로 뭉게뭉게 제 멋대로 떠 있었습니다. 제 멋대로. 제 멋대로. 어? 제 멋대로?

누군가 법으로 정해 놓은 게 아닌 이상 가르치는 방법에는 정해진 게 없습니다. 남들이 그렇게 했다고 해서 반드시 저도 방과후에 남아서 애들 억지로 한글 가르치고 교육 자료 인쇄해서 나눠주고 영상 보여주고 할 필요가 없는 겁니다. 저 하늘에 떠 있는 구름이 정말 하나도 같은 모양이 없는 것처럼요. 제가 잘하는 방식대로 하면 되는 거였습니다.

사람들 사이의 갈등과 다툼을 줄일 수 있는 가장 좋은 방법은 대화를 통해 서로 이해하고 다른 부분을 인정하는 것입니다. 그걸 이루기에 가장 효과적인 방법은 밥을 함께 먹는 겁니다. 생각해 보세요. 우리가 처음 인연을 맺는 사람들과 친해지기 위해서는 대부분의 경우 밥을 먹습니다. 소개팅을 해도 그렇고 상견례를 해도 그렇고 대학에 처음 들어가도 그렇고요. 온갖 집단에서 그 집단의 내부 결속력을 다지기 위해서 '회식'이란 걸 하지 않습니까. 다문화 이해도 마찬가지 아닐까요. 음식이라는 건 그 나라의 역사와 문화, 인문학적인 여러 가지가 집약된 총체입니다. 그걸 나누는 일이야말로 상대의 문화를 이해하는 지름길이죠.

방향이 결정 되었으니 구체적으로 뭘 해 먹을지 고민해 봅니다. 학교에 다니는 이주배경청소년들은 대개 부모가 결혼 이민자인 경우가 많습니다. 중도 입국은 많지 않아요. 그럼 우리 나라에 오는 결혼 이민자들의 국적은 어디가 가장 많을까요. 2024년 한국여성정책연구원 자료에 따르면 중국과 한국계 중국인(흔히 조선족 동포를 말하죠), 베트남, 일본, 필리핀 순입니다. 중국 하면 만두! 베트남 하면 쌀국수! 일본 하면 어묵! 아니겠습니까.

다만 중국 만두는 우리 만두랑 맛도 향도 모양도 조금 다릅니다. ‘소룽포’라고 아시나요. 고기만두의 일종인데 깨물면 육즙이 콸콸 터져서 꼭 숟가락으로 받치고 먹어야 합니다. 인터넷으로 한 봉에 만 원 정도 하는데 종이컵에 담으면 딱 세 개씩 들어갑니다. 전자레인지가 여러 대 필요하니 이날 하루는 과학실을 빌려서 동시에 네 대를 가동시켰습니다. 물론 그 옆에는 만두의 유래, 종류, 역사에 대한 교육 자료를 만들어 전시해 둡니다. 거기에 수능 시험이 얼마 안 남았었기 때문에 명함 사이즈로 부적도 하나 만들어서 같이 나눠 줬습니다.

정선고는 그럴 ‘만두’ 하지!
수능이고 면접이고 다 잘 볼 만두!
실력을 제대로 발휘할 만두!
세상으로 날개를 훨훨 펼칠 만두!

소룡포 정선고에 상륙하다

만두라는 게 우리가 흔히 먹는 고향만두나 분식집 찐만두, 비비고 만두만 있는 게 아니라는 인식의 지평 확대만 있어도 괜찮습니다. 만두 육즙을 입가에 질질 흘리는 친구를 보면서 킥킥대며 웃고 그 맛을 함께 느끼는 기억을 공유했다면 조금 더 만족입니다. 너와 내가 피부색과 입맛은 조금 달라도 조금 낯선 거 같이 먹으면서 한울타리 안에 평화롭게 공존할 수 있는 존재라는 어렴풋한 깨달음까지 갔다면 대만족이지요.

베트남을 대표하는 요리는 뭐니뭐니 해도 쌀국수지요(분짜 미안. 짜조 미안. 반미 미안). 그러다보니 베트남 사람들도 이걸 좋아하긴 하지만 일일이 육수를 내고 하기가 귀찮으니 간편하게 먹을 방법을 고민했을 겁니다. 그 결과, 우리나라 라면 스프처럼 쌀국수 스프가 있고요, 그걸 물에 넣고 끓이기만 하면 웬만한 쌀국수 맛집보다(이거보다 맛있는 집 사실 못 봤어요.) 더 맛있는 육수가 됩니다. 우리 라면과 다른 점은 쌀국수 면을 함

── 학교폭력 예방 캠페인을 끼얹은 쌀국수 ──

께 넣고 끓이기보다 찬물에 불려놨다가 끓는 육수에 데치는 게 더 맛있다는 것 정도입니다. 고명이 아무 것도 없으니 멀건 칼국수 같아서 기분을 좀 내려고 학교 앞 하나로마트에서 숙주만 몇 봉지 사다가 다져서 올려줬습니다. 맛과 반응이요? 쌀국수 육수가 펄펄 끓는 이날 복도의 온도가 영하였다는 것만 말씀드릴게요.

제가 고향이 부산이라 어릴 적부터 어묵 반찬을 참 많이 먹었습니다. 생선이 흔한 고장이니 어묵도 당연히 우리 전통 음식인 줄 알았어요. 그런데 어묵은 일본의 무로마치 시대부터 만들어진 음식이고 우리나라엔 일제강점기에 전해 내려왔다는 걸 저도 이번에 알았지요. 이렇게 맛있는 걸 알려 준 일본 사람들이라면 좀 덜 미워했을지도 모르겠다는 생각도 했습니다.

이 어묵을 나눠먹은 날은 새해가 며칠 안 남았을 때였습니다. 일본에서는 새해를 앞두고 '오마모리'라는 부적을 서로 선물하면서 복을 빕답니다. 기원하는 내

어묵에 오마모리 추가데스

용에 따라 부적의 색과 쓰인 글씨도 다르더군요. 인터넷에서 오마모리를 왕창 구입해서 키링으로 핸드폰이나 가방에 달고 다닐 수 있도록 어묵과 함께 나누었습니다. 그렇게 우리는 서로의 마음이 편안하기를, 원하는 일들이 술술 풀리기를, 꽃길만 걷기를, 공부의 포텐이 터지기를 빌어주며 한 해의 문을 닫았습니다.

어떠십니까, 독자 여러분. 고작 책 몇 페이지 읽어오시는 동안 중국과 베트남과 일본을 찍먹(?)으로 여행하고 오신 것 같은 느낌이 들지 않으셨나요. 가이드를 마치면서, 특히 선생님들께 말씀드리고 싶은 게 있습니다.

디지털 교과서(AIDT), IB교육과정, 인공지능을 활용한 수업과 평가, 새로운 교육과정 등등 어디서 이런 새롭고 대단한 것들이 나타났는지, 또 어떤 선생님들은 어느 사이에 이걸 익힌 전문가가 되어서 선도교사니 뭐니 하는 사람들로 변신해 등장합니다. 그걸 보면서 세상의 변화 속도가 빠르다더니 나도 어느새 그걸 쫓아가지 못하고 도태되어 버리는 고인물 교사가 된 건 아닌지 흠칫 무섭기도 합니다.

선생님도 이럴진대 우리 아이들의 마음은 어떨까요. 새로운 무언가를 따라가지 못하고, 친구보다 시험 성적이 낮고, 수행평가를 똑바로 못하고, 그런데 세상은 예측할 수 없이 빠르게 변화해서 지금 배우는 것들은 쓸모가 없을 거라고 말하고. 게다가 요즘은 젊은 세대 한 사람이 나이 든 세대를 몇 사람 씩이나 부양해야 한다고 벌써 부담을 주고 있잖아요. 이런 곳에서는 저도 맘 편히 못 살아갈 것 같습니다.

그러니까, 우리가 먼저 생각을 좀 달리 해 보는 건 어떨까요. 인간은 결코 모든 것을 다 잘할 수 없습니다. 우리가 다 같이 배운 교육학에서는 그런 생각을 '비합리적 신념'이라고 합니다. 소룡포와 쌀국수, 어묵을 만들고 나눠 먹는 일은 제게는 그리 어려운 일이 아닙니다. 많이 해 봤으니까요. 뭔가 어려운 상황에 봉착했을 때 ―그것이 특정한 사업일 수도 있고 매 시간의 수업일 수도 있고 학생과의 관계일 수도 있습니다― 내가 잘할 수 있고 내가 재미있고, 할 때 덜 힘든 게 무엇인지 생각해 보고 그걸 하십시다. 그래야 그걸 보는 우리 아이들도 그렇게 살 수 있을 겁니다.

무조건 위에서 시킨다고 어떻게든 방법을 강구해서 그걸 기어코 해내기 전에 정말 이게 반드시 해야 할 일인지, 아이들에게 어떤 도움이 되는지 먼저 생각해 봅시다. 그리고 해야겠다고 마음 먹었다면 내가 할 수 있는 방법을 고릅시다. 그래서 잘 되면 왜 잘 됐는지 생각 잠깐 하고 마음껏 기뻐하고, 안되면 빨리 털고 잊어버립시다. 이것이 이른바 우리가 교사로서 아이들에게 '생각하는 힘을 길러라, 도전하는 삶을 살아라'라고 가르치는 말의 살아 있는 시범이 되어줄 거라고 생각합니다. 저는 직수입해서 검증도 없이 현장에 내리꽂는 해외의 훌륭한 교육제도들보다, 여전히 선생님과 아이들이 나란히 주고받는 눈빛과 대화 속에 교육의 본질과 사람의 마음이 있다고 믿습니다.

공부가 힘들 때

친구 관계가 뜻대로 풀리지 않을 때

가족들과 싸웠을 때

내가 싫을 때

세상에 나만 그렇게 괴로운 것 같이 느낄 때가 있겠지만, 사실은 누구나 그런 감정을 느끼고, 그런 시간들을 몇 번씩 거칩니다. 그럴 때 나와 같은 마음을 느꼈다는 사람들의 이야기가 큰 위로가 되기도 합니다.

그런 이야기들이 가득 담긴 책들입니다. 세상엔, 아픔보다 공감과 위로로 만들어가는 아름다움이 아직은 훨씬 많다는 믿음을 여러분에게 심어드릴 겁니다.

누구든 빌려가서 읽으시고 이야기를 전해주시고, 제자리에 돌려놔 주시면 됩니다.^^

나이 많은 아저씨가
의자 위에 웅크려 누워
스윽, 겉옷을 끌어당긴다. 나는
무릎 담요를
살살 꺼내 그 옆에 두고 간다.

나이 많은 아저씨가

의자 위에 웅크려 누워

스윽, 겉옷을 끌어당긴다. 나는

무릎 담요를

살살 꺼내 그 옆에 두고 간다.

— 학생 작품, '나의 스무 살'

자, 이제 범종을
울릴 시간

time to go to school

학교에 가는 날 중 진심으로 즐거웠던 날이 며칠이나 될까요? 소풍도, 수학여행도, 체육대회도 아닌 평범했던 날들 중에 말입니다. 왜 그런 걸까요. 제 생각엔, 일단 내가 자발적으로 가겠다고 한 곳이 아닌 게 첫 번째겠으나, 무엇보다 해야만 하는 것도 너무 많고 하지 말아야 할 것도 너무 많기 때문이지 않을까요.

뭐든지 최선을 다해야 할 것만 같은 우리나라의 학교에서 모든 것에 내 몸과 마음을 다하다간 얼마 안 가

‘갈아넣은 배’가 되어버릴 것만 같습니다. 그래서 요즘 우리 아이들은 학교에 올 때 대부분 영혼을 집에 놓고 오거나 주머니 속에 넣고 오는 모양입니다. 그래서 밝게 웃는 얼굴을 등교 시간에 보는 게 쉬운 일이 아닙니다.

이런 아이들에게 선생님들을 비롯한 어른들은 세상일은 다 자기가 마음 먹기 나름이라고 쉽사리 말합니다. 아무리 더워도 시원하다~ 생각하면 별로 안 덥다고 느낄 수 있고, 학교 오는 게 아무리 싫어도 괜찮다~ 생각하면 그럭저럭 괜찮을 수 있다고 생각하시는 모양입니다. 이런 걸 ‘일체유심조(一切唯心造)’라고 하나요. 마음 먹기에 따라 세상의 모든 것이 달라질 수 있다는 말 말입니다.

그런데 그게 진짜 가능한가요? 어른들도 다 마찬가지잖아요. 출근도 하기 전에 퇴근을 하고 싶고 개학도 하기 전에 방학하고 싶은 게 다 비슷한 사람들 마음 아닐까요. 이게 쉽게 되면 우리는 누구나 썩은 해골물을 떠 마시고도 한 잔 더!를 외치는 원효대사가 될 텐데 그럼 세상의 교회나 절은 진즉에 다 망하고 말았을 테지요. 그게 안 되니까 여전히 사람들이 종교를 찾는 것일 테고요. 저를 포함해 이 글을 읽는 여러분들 역시 지극히 평범한 사람들이고 제가 만나는 학생들 역시도 평범한 친구들이니까요.

그런데, 이렇게 생각을 바꾸는 것에 비해 행동을 바꾸는 것은 상대적으로 덜 어렵습니다. 우리의 몸과 행동을 지배하는 뇌는 생각보다 착각에 잘 빠지기 때문입니다. 똑같은 길이의 선인데 양 끝에 그려진 화살표의 방향 때문에 달리 보이는 아래 그림과 같은 착

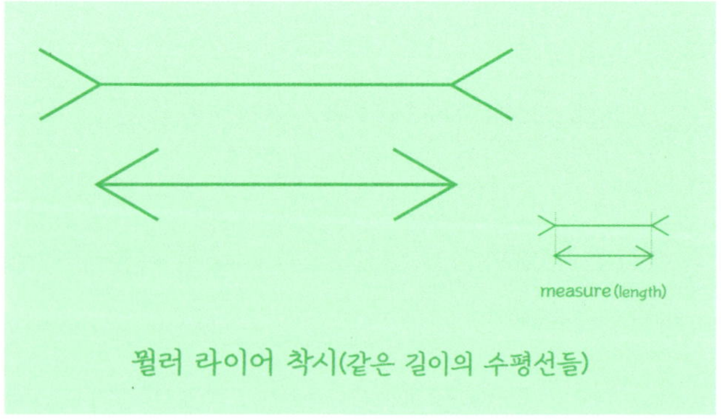

뮐러 라이어 착시(같은 길이의 수평선들)

시 현상이 대표적인 사례죠. 그렇다면 이런 뇌의 착각을 이용해 아이들의 생각을 잠시라도 바꿔줄 순 없을까요. 아침 등굣길에 교문에 서서 아이들과 인사를 나눌 때 제일 뻘쭘(?)한 순간은, 우리가 서로 모르는 사이지만 그래도 선생님인 내가 용기 내서 먼저 인사를 건넸는데 상대 학생이 쌩(?)까고 지나갈 때입니다. 인사하려고 들었던 손이 되게 부끄럽고 면구스럽습니다. 욱하는 마음이 솟을 때도 있지만 대부분 자세히 보면 아이들의 귀에 블루투스 이어폰이 꽂혀 있습니다. 그렇게 그냥 지나치는 아이들을 쫓아가서 붙잡고 등굣길엔 이어폰을 빼든지, 볼륨을 줄이거나 노이즈 캔슬링 기능은 끄고 오라고 말하는 건, 차 소리를 못 들어서 사고가 날 수 있기 때문이기도 하지만 제가 그런 뻘쭘한 상황에 빠지지 않기 위해서이기도 합니다.

그러나 이런 경우가 많지는 않습니다. 제게는 그들의 블루투스 이어폰을 뚫어버릴 강력한 무기가 있기 때문입니다. 바로 대형 블루투스 스피커입니다. 학교폭력 예방 물품 구입비 같은 걸 써서 구입하는데, 10만 원을 넘기지 않는 제품입니다.(공공기관이다 보니 물건값이 10만 원을 넘으면 비품으로 등록해서 관리하는 절차가 복잡하거든요.) 가격이 비교적 싸지만 성능은 꽤 괜찮습니다. 몇 헤르츠라든지 그런 구체적인 수치는 잘 모르겠지만 10미터 넘는 거리에서도 쩌렁쩌렁하게 소리가 잘 들리고 무엇보다 그 앞을 지나가는 아이들의 귓속까지는 아무런 문제 없이 때려 박히니까요.

신체의 일부처럼 되어버린 블루투스 이어폰만큼이나, 멜론과 같은 음원 사이트의 순위권에 드는 노래들은 거의 기본 교양이라고 봐도 될 만큼 대부분의 아이들이 다 알고 있습니다. 어른들은 노래를 안다고 하면 가사를 아는 정도겠지만 아이들은 역시 K-POP의 나라답게 안무까지도 상당 부분 압니다. 노래와 춤에 능한 병사를 길러 외적에 대비해야 한다면 우리나라는 분명히 압도적 세계 최강국일 겁니다. 그러니 김구 선생님, 율곡 이이 선생님, 안심하십시오. 두 분이 원하셨던 것처럼 문화가 강한 사람들로 십만 양병(십만이 뭡니까…
백만도 충분히 가능…)이 가능한 나라가 되었답니다.

　　아무튼! 이 스피커를 가지고 비 오는 날, 시험 기
간, 한여름 방학 전 등등 시즌과 주제에 따라 선곡을
달리하기도 하지만 대부분의 경우 음원 사이트 인기
가요를 틀어놓고 아이들을 기다립니다. 고개를 푹 숙이
고 핸드폰을 보거나 멍한 표정으로 들어오다가도 귓전
에 때려 박히는 익숙한 음악을 들으면 아이들은 자신
도 모르게 고개를 까딱까딱합니다. 친한 친구와 삼삼
오오 같이 오는 아이들은 서로 눈길을 마주치면서 같
이 노래를 흥얼거리기도 합니다. 고개와 어깨가 즐거운
듯 움직이고 눈빛이 오가니, 그들의 뇌는 자연스레 착
각 속으로 빠져듭니다.

　　‘어? 나는 분명히 집에 영혼을 놓고 왔는데 왜 학
교 오는 길이 즐겁지? 왜 신나지?’

　이런 생각이 들었다면 다행입니다. 아이들이 조금 전까지 갖고 있던 칙칙한 전생의 기억을 잊고 신나는 케이팝의 세계로 들어왔으니까요. 일체유심조를 꺼냈으니 이왕 불교 용어를 조금 더 써 본다면 고통과 괴로움이 가득한 이쪽 언덕(차안, 此岸)으로부터 고통과 속박에서 자유로운 저쪽 언덕(피안, 彼岸)으로 건너온 셈이 되는 것입니다.

　불교 신자가 아니시더라도, 매년 연말이 되면 보신각에서 종을 치는 걸 많이들 보셨겠지요. 그 종을 범종이라고 부르는데, 절에서는 새벽 예불을 드릴 때 28번, 저녁 예불을 드릴 때 33번을 칩니다. 이게 우리가 사는 세상을 비롯해 천국과 지옥에 다 울리는 소린데 이 울림이 깊고 맑은 소리가 울리는 순간만이라도 번뇌를 벗어나 불심(佛心)을 얻어 보라는 의미라고 합니다. 중생들을 구하는 부처님의 목소리라고도 볼 수 있겠지요.

　등굣길, 떨어지지 않는 발걸음을 옮기며 겨우겨우 학교에 오는 아이들에게 제가 틀어놓는 노래는 마치 범종의 소리처럼 노래를 듣는 순간만이라도 학교에 오는 괴로움을 잊을 수 있는 의미가 되어줄 수 있지 않을까 합니다. 믿고 따른다는 점에서 아이들에게 그들이 좋아하는 아이돌 가수의 목소리는 부처님의 목소리나 마찬가지일 테니까요.

굳이 블루투스 스피커가 아니더라도 다양한 방법으로 부처님이 음성(?)을 활용할 수 있습니다. 담임선생님이시라면 조회나 종례 시간에 직접 선곡해서 교실 분위기를 좌우하실 수 있겠습니다. 학생을 DJ로 임명하셔도 좋죠. 저는 수업 시간에 사연과 신청곡을 받아서 틀어주기도 합니다. 빡빡한 수업 시간에 아이들을 되살려내는 데 톡톡히 역할을 하거든요.

자, 이제 아이들을 맞이할 시간입니다. 머리를 깎는 대신, 최첨단 기기를 손에 들고 타종 한 번 같이 해보지 않으시렵니까. 종소리의 종류가 조금 다를 뿐, 아이들의 마음을 깨우는 일은 역시 우리 선생님들의 몫이니까요.

내 얼굴을 찾아봐

독립 투사일까, 푸바오일까?

오른쪽에 있는 그림은 제가 그린 제 얼굴입니다. 대체로 둥글둥글하고 입 밑에 점이 있어서 다른 사람들과 구별도 잘 됩니다. 제가

만드는 모든 학습지와 강의자료에는 이 얼굴이 박혀 있습니다. 단순하게 생겨서 그런지 아이들에게 각인이 되는 효과도 큽니다. 덕분에 저와 관련된 캠페인이라든지 교내 활동에서 아이들이 이 마크를 자주 갖다 쓰

기도 합니다. 지금은 라식 수술을 하는 바람에 안경을 안 쓰게 돼서 이 캐릭터를 설명하려면 꼭 소품이 필요해졌다는 아쉬움이 있긴 하지만요.

아무튼 학교 현장에 예나 지금이나 엄청나게 많은 고민이 있지만 요약하자면 결국 두 가지입니다. 학습 지도와 생활 지도. 쉽게 말하면 공부 가르치는 일과 사람답게 만드는 일이죠. 그런데 이 지도라는 것의 출발점은 결국 관계 형성입니다. 선생님과 학생이 관계가 좋으면 둘 다 좀 부족해도 서로 도와 가면서 무언가를 배워 나갈 수 있지만, 둘 사이의 관계가 어그러지면 최태성 선생님 할아버지가 오셔도 한국사를 가르칠 수 없습니다. 귀를 닫아버리면 백약이 무효니까요.

좋은 관계를 형성하려면 서로가 첫눈에 반하지 않는 이상 반드시 둘 중 누군가는 먼저 다가가야 하잖아요. 그런데 사실 학생이 선생님에게 먼저 친해지자고 다가오기는 쉽지 않습니다. 원래 좀 서툰 나이이기도 하고 또 선생님이라면 왠지 좀 어렵잖아요. 그럼 결국은 선생님들이 먼저 다가가 줘야 하는데, 요런 캐리커처가 마음의 진입 장벽을 낮추는 데 꽤 효과가 좋다는 말씀입니다. 선생님들께는, 학교마다 꼭 몇 명씩 숨어 있는 그림에 미친 아이들을 찾아보시라고 권해드립니다. 작은 간식 같은 걸 작가료로 건네시면서 부탁하면 그들에게는 재능을 발휘할 기회를 주는 셈이 되고 선생님은 멋진 캐리커처를 하나 얻게 되실 겁니다.

요즘 졸업 앨범에 자기 사진을 넣지 않기를 희망하는 선생님들이 점점 많아지고 있다고 합니다. 이게 무단으로 도용되거나, 심지어는 범죄에 악용되는 사례까지 있다고도 하니 충분히 이해가 됩니다. 그래서 어떤 학교는 아예 졸업 앨범을 만들지 않는 곳도 있다고 합니다. 하지만 여전히 대부분의 아이들은 졸업 앨범 촬영에 아주 진심인 편입니다. 특히 경기도 북부에 있는 ○○○고등학교 학생들이 전국적으로 유명하지요. 각종 인기 있는 캐릭터뿐만 아니라 최신 사회 이슈, 정치 풍자에도 거침없는 걸 보면 이곳이야말로 K-창의력과 K-콘텐츠의 보물창고가 아닌가 싶습니다.

그 학교 아이들의 소식을 접하면서 제가 하는 생각이 두 가지였습니다. 그곳은 남학생들뿐이라 아무래도 분장의 디테일이 조금 부족한데, 언론을 타지 않았을 뿐 우리 학교 아이들도 그에 못지않거나 더 놀라운 친구들이 많다는 점, 그리고 '나도 저거만큼 재미있게 잘할 수 있는데' 하는 생각입니다. 앞서 말씀드렸듯이 저는 '될까?'보다 '될걸?'이라고 생각하는 편이고, 남들이 잘 안 하는 일을 꾸준히 해오다 보니 제가 뭘 하든 교장 교감 선생님께서 별말씀을 안 하십니다. 그런 면에서 저는 참 복 받은 선생이기도 합니다. 미래 걱정 가불도 잘 안 하는 편이고, 지금 할 수 있거나 해 보고 싶은 걸 안 해서 나중에 후회하는 걸 되게 싫어하기 때문에 대충 각이 나오면 그냥 합니다.

다음 사진을 보시면 어떤 직종이 떠오르십니까. 복장과 소품을 유심히 봐주세요. 1930년대 서울 종로 한복판에서 일본 헌병들과 한바탕 추격전이라도 벌일

학생안전부장 / 국어
이 원 재 선생님

만한 복장 아닙니까? 제가 입고 있는 두루마기는 실제로 6.25 전쟁에 참전하셨던 할아버님(우리 친할아버지 아니고 아는 할아버지…)의 유품입니다. 지금은 사람들이 한복을 잘 안 입으니까 저런 검은색 두루마기는 왠지 독립 투사들이나 입을 것 같은 선입견이 생겼지요. 그 선입견에 편승해서 독립 투사 분장을 해 보기로 하고 학교 앞 문구점에서 태극기와(문구점에 태극기가 상시 구비되어 있습니다!!) 장난감 권총을 샀습니다. 수염은 대충 보드 마카로 그렸지요. 졸업 사진을 찍던 날 그렇게 분장하고 교문에 서서 아이들을 맞이하는데 웬 택시가 한 대 와서 교문 앞에 섰습니다.

“저… 정선고 선생님 맞으시죠?”

“네 맞습니다. 어떻게 오셨습니까?”

“아 네. 저 3학년 1반 유현명 엄마인데요.”

“아 예! 현명이 어머님 안녕하세요! 어쩐 일로 오셨습니까?”

"오늘 졸업 앨범을 촬영한다고 했는데 현명이가 이걸 놓고 갔어요."

"아 제가 대신 전해드리지요! 걱정 마십쇼!"

현명이의 어머님께서 전해달라고 하신 물건은 일본식 대나무 우산이었습니다. 사실 어머님은 일본 분이셨어요. 현명이의 아버지는 한국 분이셨고요. 어머님은 잘 모르셨을 수도 있지만 독립 투사 복장을 하고 일본 분을 뵈니 혼자서 속으로 좀 머쓱했습니다. 그래도 부탁받은 물건은 전해 줘야 하니 방송으로 현명이를 부르고 1층 복도에서 기다리고 있었습니다. 익숙한 목소리로 선생님, 하고 부르기에 뒤를 돌아봤더니 남학생인 현명이가 자기 어머니의 것으로 추정되는 기모노를 입고 내려오다 제 행색을 보고 흠칫 놀라며 내려오던 발길을 멈췄습니다. 왼손엔 태극기 오른손엔 권총을 든 저와 계단참에 멈춰 선 기모노를 입은 자와의 어색한 대치. 순간 "쏴야 하나?"라는 생각을 애써 누르고 가

슴 아픈 역사가 현재에도 얼마든지 재현될 수 있다는
걸 느끼며 대나무 우산을 조심스레 주고받았던 웃픈
순간이 오래도록 기억에 남습니다.

　　만약 아래 사진을 보고 쿵푸 판다를 떠올리셨다
면, 아무래도 연식이 좀 되신 분일지도 모르겠습니다.
2024년 초 가장 이슈가 되었던 것이 푸바오의 귀국이
었죠. 많은 사랑을 받았던 푸바오가 중국으로 돌아간
다는 소식을 접한 순간, 그해 졸업 앨범 촬영 콘셉트를
정했습니다. 푸바오는 떠나도 '원'바오는 너희들 곁에
있으니 안심하라는 메시지를 전하고 싶었습니다. 판다
털옷은 인터넷을 조금만 검색하면 빌려주는 곳을 찾을
수 있습니다. 보증금 5만 원에
대여료 5만 원을 냈습니
다. 얼굴 분장은 우리 학
교 미술 동아리 아이들
에게 부탁했습니다. 페이
스페인팅 물감을 사주고 판

다 얼굴을 그려달라고 그랬더니 정말 열과 성을 다해 기초부터 클렌징까지 도와주었죠. 그렇게 찍은 졸업 앨범 사진을 메신저 프로필로 올렸더니 고향 친구들한테 연락이 옵니다.

"마 느그 학교는 니만 도라이가 다같이 도라이가?"

(표준어 해석 : 야. 너희 학교는 너만 이렇게 사진을 찍니, 아니면 다른 선생님들도 너처럼 분장을 하고서 사진을 찍니?)

부산 사투리라서 표현이 좀 거칠지만 욕하는 게 아니라 진짜 궁금해서 묻는 겁니다. 이왕 도라이 소리까지 들었으니 이제 멈출 수 없습니다. 2025년 올해의 콘셉트는 '수능특강' 표지 패러디입니다. 제가 들고 있는 판넬은 동네 광고사에서 직접 제작한 건데요, 원래 귀여운 수달의 얼굴이 있던 자리를 파내고 수달 분장을 한 제 얼굴을 들이밀었습니다. 자세히 보시면 원래 과목명이 하나만 적혀 있어야 하는 표지에 국어 영역 네 과목이 모두 적혀 있는 걸 보실 수 있으실 겁니다. 사실 이건 교사 한 사람이 혼자 서너 과목을 맡아 영혼까지 갈려나감으로써 유지될 수밖에 없는 고교학점제에 대한 강력한 비판 의식을 담은 포스트모던적 행위 예술(이라고 저 혼자만 압니다.)입니다. 물론, 이런 모습들

을 보시고 재밌게 웃어넘기는 분들도 계시지만 때로는 너무 오버한다고 질책하시는 분들도 계십니다.

학교에서 아이들을 가르치는 일의 궁극적인 지향점은 어디일까요. 시대 상황에 따라 학교에 요구하는 바는 많이 달라져 왔지만 변하지 않고 선생님들이 고민해야 할 바는 '학생들이 자신의 삶에서 스스로 행복을 찾아나가며 살 수 있도록 어떻게 도와주어야 하는가'라고 생각합니다. 세상의 시작과 이치가 궁금해지면 과학과 윤리학의 도움을 받고, 자신의 미래를 객관적으로 예측하기 위해 확률과 통계를 공부하고, 그러다 지쳐서 위로가 필요하면 시와 소설을 읽으면서 마음을 추스를 수 있는 그런 사람이 될 수 있도록 말입니다.

아이들을 가르치는 방법이 무척 다양하겠지만, 대체로 '설명 ▶ 선생님의 시범 ▶ 학생의 연습을 돕기 ▶ 학생이 혼자 하기'의 과정이 가장 일반적입니다. 행복이 무엇인지 설명하는 것은 그리 어렵지 않습니다. 그렇지만 우리는 한 사람의 어른이자 직업인으로서 내 삶 속의 행복을 찾고자 노력하는 모습을 아이들에게 시범으로 보여주고 있는지 되돌아볼 필요가 있습니다. 야심차게 계획했던 수업은 뜻대로 안되고, 나름 공무원이라고 경직된 조직의 문화에 눌리고, 누굴 위해 하는 건지 당최 알기 힘든 이상한 행정 업무에 쫓기다 보면 행복이라는 단어는 광고 속에서나 가끔 만나는 닿을 수 없는 무언가로 느껴지게 마련입니다.

그런 우리의 모습을 바라보는 아이들이 행복을 찾아갈 수 있는 사람으로 성장하길 기대하는 건 나무에 물고기가 열리기를 바라는 것과 같을지 모릅니다. 그런 생각을 하면서 우스운 분장을 하고 아이들과 졸업 사진을 함께 찍습니다. 그들이 저를 볼 때 늘 일에 쫓겨 스트레스에 찌든 선생님이 아니라 남들 시선 신경 쓰지 않고 재미나게 살아가는 삼촌쯤으로 여겨주면 좋겠습니다. 그래서 '어? 선생님도 저러니까 나도 이 정도는 해도 되겠지', '선생님이 저렇게 했으니까 나는 이렇게 해 볼까?' 하는 생각을 했으면 좋겠습니다. 그래서 나중에 어떤 분야에서 무슨 일을 하든 틀에 갇히지 않고 재미와 즐거움을 찾아가는 용기 있는 사람들로 자라 주기를 바랍니다. 내년엔 어떤 분장을 할지 고민하면서 정치적 중립에 위배되지 않는 아슬아슬하고 재미있는 이슈들을 호시탐탐 살피고 있습니다. 뭐 그렇게 대단한 사람이 되지 않더라도, 어느 날 문득 고등학생 시절이 그리워서 졸업 앨범을 펼쳤을 때 제 사진을 보고 피식 웃는 정도라도 참 좋겠습니다. 시작을 그렇게 하면 그 다음에 펼쳐지는 페이지들을 보면서도 그 안에 시절들 이 통째로 즐거웠었다고 믿어버릴 수 있을 테니까요.

깜장 두루마기와
뭉우리돌

위대한 정신의 뿌리에 닿기를

2022년의 어느날, 학생자치회 아이들이 교무실로 절 찾아왔습니다.

"선생님! 우리 학교도 할로윈데이에 이벤트 하면 안 될까요? 우리가 계획도 다 짜 왔습니다."

제가 안 된다고 할까 봐 사탕도 돌리고 분장도 하면서 하루쯤 재미있게 보내고 싶다고 아주 열을 올리며 설득할 태세로 달려들었습니다. 물론 솔직히 내키지는 않았습니다. 얼굴 깨진 좀비에 입에서 피 흘리는 뱀파이어, 호박을 들고 있는 마녀들을 앞에 앉혀놓고 수업하고 싶은 선생님이 어디있겠어요. 하지만 준비하는 과정에서 좋은 쪽으로든 나쁜 쪽으로든 배우는 것이 있겠거니 하고 한번 준비해 보라고 했습니다. 좋은 쪽이라면 이게 '별 의미도 없이 순전히 재미로 따라쟁이 놀음을 하는 거구나.'를 깨달았으면 하는 마음이고, 나쁜 쪽이라면 선생님들께 반복적으로 '이건 별로다. 의미도 재미도 없다.'는 핀잔을 들으면서 지레 포기하게 되었으면 하는 마음이었습니다.

안 된다고 하는 대신 우리 것을 거기 슬쩍 끼워 넣어보자는 국어선생님으로서의 직업병이 번뜩 발동했기 때문이기도 합니다. 어차피 귀신 놀음이라면 굳이 낯선 외국 귀신만 불러들일 필요가 없지요. 역사와 전통에 빛나는 우리 귀신들도 많은데요. 친한 선배 선생님과 식사를 하다가 이런 얘길 했더니 흔쾌히 아버님께서 입으시던 깜장 두루마기를 빌려주시기로 했습니다. 그리고 평소엔 무심히 지나쳤던 정선문화원에 들러 갓을 하나 얻어 왔습니다. 대여료를 어떻게 해야 하나 싶었는데 문화원에 둬도 쓸 곳이 없다며 그냥 가져가라고 하셔서 날름 업어왔습니다. 아내와는 올리브영에 함께 가서 검은색 섀도도 골라 샀습니다. 얼굴은 하얗게, 눈두덩과 입술은 까맣게 칠할 생각을 하니 신이 나기 시작했습니다. 그날 수업 중이나 야자 시간에 그렇게 저승사자 분장을 한 상태로 창밖에서 교실을 말없이 들여다보고 있으면 얼마나 짜릿한 일이 벌어질지도 함께 상상하면서요. 2025년 세계를 강타한 <케이팝 데몬 헌터스>의 사자 보이즈를 저는 이미 2022년에 혼자서 준비하고 있었다니까요.

그러나. 모두들 아시다시피 그해 정말 상상하기도 싫은 10.29 참사가 벌어졌습니다. 온 나라가 침통한 분위기에 빠졌고 할로윈 관련 행사는 모두 취소되었습니다. 아이들의 섭섭함을 달래기 위해 '무기한 연기'라는 표현을 썼지만, 사실상 기약 없는 취소인 셈이었죠. 그리고 저 역시도 사건이 벌어지기 두세 시간 전까지 그 장소에 있었거든요. 초등학생인 두 아이를 데리고서요. 지금 다시 생각해도 허공에 발을 디디는 듯 아찔합니다.

그 아찔함과 뉴스에서 본 장면의 충격이 어우러져 옷걸이에 걸어놓은 두루마기를 멍하니 쳐다보던 중이었습니다. 그러다 문득, '11월 3일이 곧 오는데…' 하는 생각이 스쳤습니다. 11월 3일이 어떤 날인지 아십니까. 사실 많은 학생들도, 또 어른들도 잘 모릅니다. 이날은 바로 '학생독립운동기념일'입니다. 예전에는 '학생의 날'이라는 이름으로 더 널리 불렸습니다. 이날의 유래는 1929년 11월 3일, 광주에서 일어난 '광주학생항일운동'으로 거슬러 올라갑니다.

광주역에서 일본 남학생들이 조선 여학생에게 희롱과 폭력을 가한 사건을 계기로 조선 학생들이 집단으로 항거하며 벌어진 대규모 독립운동이었지요. 3·1운동에 이은 일제강점기 최대 규모의 민족운동이었습니다.

그 주체가 어른도, 조직된 단체도 아닌 '학생'들이었다는 점에서 오늘날까지 깊은 의미로 남아 있습니다.

그 정신을 기리기 위해 1953년 정부가 처음 '학생의 날'을 제정했습니다. 당시 학교들은 꽤 성대하게 기념했고, 학생들 스스로 주체가 되는 행사도 활발했습니다. 그러다 1973년, 유신체제 아래에서 여러 학생활동이 통제되면서 '학생의 날'은 폐지되었습니다. 10여 년 뒤인 1984년, 민주화의 흐름 속에서 다시 부활했지만, 한 번 사라진 기념일의 위상은 예전만큼 회복되진 못했고 2006년부터 '학생독립운동기념일'이라는 명칭으로 고정되어 지금까지 이어지고 있습니다. 저도 선배들에게 '스승의 날에 우리가 감사를 받는 것처럼, 우리가 교사로서 존재하는 이유인 학생들에게 고마움을 표하는 학생의 날을 기념해 주는 것도 좋지 않으냐'는 말씀을 들으며 자랐(?)기 때문에 학생독립운동기념일이 되면 작은 선물을 마련해 주는 일을 지속해 왔습니다. 이래서 습관이 무섭다고 하는가 봅니다. 기획하던 행사가 엎어진 생각은 이미 저만치 갔고, 그 자리를 '원래는 이분들을 위해 준비한 게 아니지만… 그래도 이날의 의미를 아이들에게 알려줄 기회라면, 입어 보는 것도 나쁘지 않겠다.'는 생각이 메웠습니다.

학교 앞 문방구에서 태극기를 하나 사고, 교육청에서 배포한 교육 자료들을 출력해 패널로 꾸몄습니다. 그런 후 두루마기를 떨쳐입은 채 등굣길에 나섰습니다. 아이들이 제 모습을 보고 놀란 눈으로 다가오면 "얘들아, 오늘이 무슨 날인지 아니?" 하고 묻고, 모르는 아이들은 설명을 해주며 함께 사진도 찍었습니다. 처음에야 어색하지만, 내년엔 김구 선생님처럼 까맣고 둥근 안경도 하나 장만해야겠다는 생각까지 했더랬지요.

당시 제가 맡고 있었던 수업 중 '고전 읽기'라는 과목이 있었습니다. 성적 등급을 산출하지 않는, 그러니까 등수를 굳이 매기지 않아도 되는 교양 과목인데 교과서가 없는 수업이라 처음 맡을 때부터 좀 막막했습니다. 고교학점제라는 제도에 대해 들어보신 적이 있으실 텐데, 이론적으로 학생들이 선택할 수 있는 과목은 수백 개가 됩니다. 그런데 교과서를 만드는 작업은 까다롭고 어려운 과정이라서 새롭게 개설된 과목 중에는 교과서가 없는 경우가 많습니다. 나쁘게 말하면 뭘 하라는 건지 막막하고, 좋게 말하면 교사의 자유도가 굉장히 높아서 하고 싶은 수업을 할 수 있는 거죠.

'고전'이라는 말을 좁게 해석하면 옛날 책들만 고전이 될 수 있지만, 넓게 해석해 보면 시대를 넘어 많은 사람들의 공감과 추앙을 받은 사상 자체 혹은 그러한 사상을 담은 책을 고전이라고 규정할 수도 있습니다. 저는 후자를 택했습니다. 현대 아니 현재의 대한민국에서 발간된 책일지라도 위대한 정신이 담긴 책이라면, 그것을 고전이라고 부르지 못할 이유가 없다고 생각했습니다.

그때 열심히 읽고 있던 책이 사진작가 김동우 씨의 『뭉우리돌의 바다』였습니다. 김동우 작가님은 국내

외 곳곳을 직접 찾아다니며 알려지지 않은 독립운동가들의 삶을 발굴해 글과 사진으로 기록하는 분입니다. 사비를 털고, 심지어 집까지 팔아 가며 안정된 삶을 내려놓은 채 그 길을 걷고 있습니다. 그런 헌신을 보면서 '이 목소리에 응답하는 것이야말로 고전을 읽고자 는 너희의 할 일이 아닐까'라고 제 뒤에 걸린 두루마기가 외치는 것 같았습니다. 이 책의 제목에는 다음과 같은 유래가 있습니다. 인터넷 서점에 소개된 책 소개의 일부를 옮겨 봅니다.

둥글둥글하게 생긴 큰 돌을 뜻하는 '뭉우리돌.' 일제강점기 서대문 형무소에 투옥된 김구는 일본 순사가 "지주가 전답의 뭉우리돌을 골라내는 것은 당연한 일이 아니냐!"며 자신을 협박하자 이 말을 오히려 영광으로 여기며 "오냐, 나는 죽어도 뭉우리돌 정신을 품고 죽겠고, 살아도 뭉우리돌의 책무를 다하리라"라고 답했다. 올곧은 일에 생을 바치

곧이어 수업 시간에 아이들에게 물었습니다.

"얘들아. 우리가 알고 있는 독립운동가들의 이름을 돌아가면서 한 분씩 말해보자."

30명 가까운 아이들이 돌아가며 이름을 말했지만, 안타깝게도 두 바퀴를 채 돌지 못했습니다. 우리가 독립운동가들의 헌신에 대해 얼마나 모르고 있는지가 적나라하게 드러난 순간이었습니다. 부끄러웠습니다. 그래서 과제를 냈습니다.

"지금 우리가 적은 이름들 말고, 알려지지 않은 독립운동가 한 분씩을 각자 찾아 조사해 보자."

아이들은 정말 다양한 이름들을 가져왔습니다. 윤희순. 전을생. 이강. 최재형. 김규식. 왕재덕. 기산도. 박영희. 민제호. 남자현. 조화벽. 김필순. 윌리엄 린튼. 박자혜. 최천택. 그들의 생애와 업적을 조사해 보고서를 작성하고, 관공서에서 흔히 볼 수 있는 '이달의 독립운동가' 포스터를 참고하여 홍보 포스터도 만들었습니다. 우리는 그 포스터를 급식실 앞—전교생이 반드시 하루에 한 번은 지나가는 곳—에 전시했습니다.

고전 읽기 수업을 듣지 않는 학생들도 포스터 앞에 서서 웅성거리는 모습을 보며 김동우 작가님께 용기 내서 인스타그램 메시지를 보냈습니다. '유퀴즈'에 출연한 분이니 어렵겠지, 싶었는데, 놀랍게도 흔쾌히 승낙해 주셨습니다. 학교에서 드릴 수 있는 강사료가 뻔한 푼돈인데도 비용은 묻지도 않고 와 주셔서 역시, 큰 뜻을 품고 계신 분은 뭔가 다르구나 싶었습니다. 그렇게 모신 작가님 앞에서 아이들은 한순간도 졸지 않고 눈을 반짝였을 뿐 아니라 질문을 쏟아내고, 전원이 다 작가님의 사인을 받았습니다.

아이들은 무엇을 배웠을까요. 아마도 잊어가는 헌신을 기억하려 애쓰는 선생님의 태도를 보았을 것이고, 집까지 팔아 가며 헌신의 흔적을 기록하는 또 다른 헌신에 대한 존경도 배웠을 것입니다. 그리고 독립운동가들이 왜 모든 것을 걸어 독립을 이루려 했는지 그 질문을 마음속에 떠올려 보았을지도 모릅니다. 고전 읽기가 위대한 정신을 읽는 시간이라면, 이 경험은 아이들이 실제로 그 정신의 일부를 직접 체험한 순간이었을 거라고 혼자 큰 기대를 해 봅니다.

할로윈 분장 준비에서 시작된 일이 학생독립운동 기념일을 기억하는 활동으로 이어지고, 다시 수업과 연결되어 알려지지 않은 독립운동가들을 조사하고, 그리고 그 일을 평생의 사명으로 삼은 사람을 실제로 만나 이야기를 듣게 된 것들. 그 일련의 과정은 의도치 않았지만, 일상과 수업, 그리고 위대한 정신의 세계가 하나의 흐름으로 이어지는 짜릿한 경험이었습니다. 그걸 책의 내용을 빌려 한 문장으로 표현한다면, '우린 모두 실패했지만, 포기하지 않았던 조상들에게 빚을 지고 있다.'라고 말하고 싶습니다. 저는 그 이후로도 아이들과 그런 순간을 다시 만나고 싶다는 바람을 품고 지냅니다. 그래서 지금도 교실과 일상 사이를 끊임없이 두리번거리며, 언젠가 또 아이들과 함께 우리가 기억해야 할 '위대한 정신'을 조용히 발견하게 되기를 기다립니다. 그래서 여전히 제 뒤에는 그 두루마기가 말없이 걸려 있나 봅니다.

나랑 정선에서 한 번쯤
마카 만나 볼래요?

이제 또 한 해가 저물어 갑니다. 사 년 전 정선에 처음 왔을 땐, 마음 한편이 많이 삭막했습니다. 제가 사는 곳은 '고한'이라는 동네인데, 정작 고한이라고 하면 고개를 갸웃거리는 분들이 많습니다. 덧붙여 "강원랜드 있는 곳"이라고 하면 그제야 고개를 끄덕입니다. 그래서 "정선에 삽니다." 하면 곧바로 "아, 카지노요?"라는 말이 따라붙곤 하는데, 정작 제가 살고 있는 관사로부터 근무하고 있는 정선고등학교까지는 차로 40분

가까이 걸립니다. 고개를 두 개 넘고, 40km가 넘는 길을 달려야 하는 꽤 먼 길이죠.

그래서였을까요. 원주에서 이곳으로 이사해 오는 길 내내, 기분이 묘했습니다. 도로에 차는 한 대도 없고 좌우로 뾰족한 산들만 쭉 늘어선 것이 뭐랄까… 유배를 오는 느낌? 단종은 서울에서 오는 길에 영월에서 멈췄지만, 만약 정선까지 끌려왔다면 오는 길에 반란이라도 일으키고 싶어졌을 거라고 생각했습니다.

처음 정선고에 도착했을 때도 솔직히 좀 놀랐습니다. 학교 건물이 너무 오래돼서 칙칙하고, 춥고, 낡고, 어둡고… 뭔가 마음을 더 쓸쓸하게 만드는 분위기였거든요. 2월에 학교를 옮기면 으레 들게 마련인, 환경이 낯설기도 하고 사람들도 대부분이 모르는 곳이다 보니 더 어색하고, 쓸쓸하고, 집에 가고 싶고 하는 그런 마음이 더 세게 느껴지도록 했습니다.

그런데 3월이 되자, 제 눈에 가장 먼저 들어온 건 아이들이 인사를 너무 잘 한다는 것이었습니다. 유치원

생도 아니고, 초등학생도 아닌 고등학생들이 복도에서 오늘만 벌써 네 번째 만났는데도 네 번 모두 "안녕하세요!" 하고 인사를 하는 겁니다. 한두 명만 그런 게 아니라, 다들 그랬습니다. 이쯤 되니 '어우, 본의 아니게 대접받고 살겠구나.' 하는 생각이 들 정도였죠. 마치 타임머신을 타고 20세기로 거슬러 온 것 같은 느낌이기도 했습니다.

입학식을 끝내고 같은 부서가 된 후배 체육 선생님과 함께 급식실에 점심을 먹으러 갔습니다. 작년에 봤던 아이들이라면 반갑게 인사라도 할 것 같은데, 한 학생이 체육 선생님을 보더니 놀란 듯이 꺼낸 첫 인사가 이랬습니다.

"선생님… 다른 학교로 안 가셨네요?"

밥을 먹으면서 그 선생님에게 들은 바로는, 정선은 근무 여건도 열악하고 아이를 키우기에도 쉽지 않아서 선생님들이 일~이 년 만에 원래 살던 곳으로 돌아가는 경우가 많다고 했습니다. 그 말을 듣는데, 뭔가 마음 한 구석이 뻐근했습니다. 어쩌면 그때까지도 저는 스스로가 '좋은 선생이다'라는 자기만족에 빠져 있었기 때문인지 모르겠습니다. '나만큼은 일 년 만에 떠나지 말자. 아이들 옆에 오래 있어 주자.'는 생각이 곧이어 떠올랐기 때문입니다. 사실 시작도 하기 전부터 저 역시도 일 년 만에 살던 곳으로 돌아갈 생각을 하고 있었거든요. 그런데 그 학생의 말이 제 마음을 흔들었습니다. '그래! 나같이 훌륭한(?) 선생님이 이 낙후된 곳의 아이들 옆에 오래 있어 줘야지.' 그렇게 마음먹고 사 년째 이곳에서 지내고 있습니다.

하지만 그건 제 생각일 뿐이었고, 지금은 사정이 조금 달라졌습니다. 큰아이가 이제 곧 초등학교 5학년이 됩니다. 피아노도 배우고 싶고, 농구도 하고 싶고, 바이올린도 해 보고 싶고, 친구도 더 많이 사귀고 싶고…… 하고 싶은 게 정말 많은 아이인데, 지금 우리가 사는 곳에는 그런 것들을 배울 환경이 안 됩니다. 그래서 아이에게 더 많은 기회를 주기 위해, 큰 도시로 다시 나갈 준비를 조금씩 하고 있습니다. 제 욕심만 채우기 위해 아이에게 무조건 참으라고만 할 수는 없으니까요.

이 책에 실린 이야기들은 겉보기엔 특별해 보이지만, 사실은 누구니 할 수 있는 일들입니다. 라면 끓이듯 물 붓고 스프 넣고 재료 넣고 같이 끓이기만 하면 되는 일들. 그런데 제가 사는 이야기를 나누러 강연을 다니다 보면 이런 이야기들을 듣고 "나는 왜 이렇게 못하지?" 하고 주눅 드는 선생님들도 계시더군요. 그래서 늘 아래와 같이 말씀드리기는 합니다.

"힘내셔라. 내 방식이 정답이 아니고 나랑 똑같이 하려고 할 필요도 없다. 나는 내가 살려고 이런 방법을 찾은 것뿐이다. 선생님만의 방식을 찾으셔라. 다만 아이들은 밥 잘 먹이고 자존감 잘 채워주면 잘 자라더라."

정선에서의 삶은 참 평온합니다. 젊은 사람을 보기 쉽지 않고, 동네 전체가 좀 느릿느릿합니다. 읍내 도로를 지나다 보면 고양이가 횡단보도를 건너는 것을 가끔 보게 되는데, 분명히 네 발로 걷는데 꼬리를 번쩍 치켜든 것이 마치 손을 들고 건너는 아이처럼 보입니다. 좌우를 돌아보며 천천히 건너는 모습은 꼭 손수레를 끌고 가시는 할머니의 걸음과 모습도 속도도 비슷합니다. 그러면 저도 정지선에 차를 대고는 웃으며 그냥 기다리다가 안전하게 다 건너가면 고양이에게 손 한번 흔들고 지나갑니다. 이곳은 그런 곳입니다. 평온하고, 여유롭고, 따뜻한.

그래서 이런 생각을 자주 하게 되었습니다.

"자연환경이 사람의 품성에 영향을 준다."

정선'읍'의 평탄한 지형, 천천히 흘러가는 조양강, 낮 동안 고르게 쏟아지는 햇볕에서 느껴지는 여유로운 마을의 분위기. 그래서인지 이곳의 아이들은 서로 덜 다투고, 쉽게 화내지 않고, 선생님들에게도 우호적입니다. 사 년 동안 잘한 일도 많았지만, 실패한 일도 많습니다. 억울했던 날도 많고, 후회스러운 날도 많습니다. 그럼에도 불구하고 무언가 계속 시도할 수 있었던 것은 그 우호적인 아이들과 학부모님들 덕분이라고 말하고 싶습니다.

그리고 책을 쓰려니 그럴듯한 것들을 중심으로 써서 그렇지 저도 여전히 옹졸하고 부족하고 뻔뻔하고 하기 싫은 일은 대충하고 때로는 째기도 하는 그런 선생님입니다. 우리 학교는 같은 울타리에 중학교와 고등학교가 함께 있어서 체육관이나 강당 같은 대형 시설은 공유해서 쓰고 있습니다. 늘 책 읽는 동아리를 맡아서 꿀을 빨고 싶지만 그런 동아리는 대개 사서 선생님께 드려야 하고, 저는 학생부장이기 때문에 주로 말썽꾸러기들이 모인 동아리를 부탁받는 일이 많습니다. 어느 해는 생활체육 레슬링 동아리를 맡았습니다. 선수로 운동을 하다가 부상당해서 그만두게 된 아이가 만든 동아리였습니다.

사실 그러면 안되긴 하지만 코치 역할을 하는 아이에게 운동 지도하라고 시켜놓고선 저는 교무실에서 밀린 일을 하고 있었습니다. 그런데 하루는 무슨 바람이 불었던지 몸 좀 풀어볼까 하고 체육관에 가 봤죠. 실제로도 바람이 꽤 부는 추운 날이었는데 중학생들이 모두 문밖에서 손을 비비며 기다리고 있는 겁니다. 알고 보니 우리 학교에서 좀 거친 친구 하나가 "중학생들은 들어오지 마라"고 문을 걸어버린 거였습니다.

얼마 전 중학교 수업 시간과 고등학교 동아리 시간이 겹쳤을 때 중학교 체육 선생님이 "지금은 중학교 수업시간이니까 너희들은 좀 이따가 동아리 활동을 하"라고 말한 것에 반감을 품고는 중학교 체육 선생님이 안 계실 때를 틈타 "그럼 너희도 나가 있어야지" 하고 쫓아냈던 거죠. 공간이 널찍하게 남아 있는데도 말입니다. 저는 중학생들에게 추운 데 있지 말고 들어와서 운동하라고 했지만, 아이들은 꼼짝도 하지 않았습니다. 나중에 그 형들에게 무지 혼난다고요. 그래서 대장

격인 고등학생을 불러 이야기했는데, 자기 억울함만 계속 말하며 버티더군요. 말이 안 통했습니다. 자존심이 무척 상했습니다. 내 말이 먹히지 않는 것 같아서, 중학생들에게 미안해서, 아이들 안에 숨겨진 위계질서를 흔들지 못해서. 고작 고등학교 2학년짜리 하나도 이기지 못해서.

다른 학교에 다니다가 전학을 온 여학생이 있었습니다. 늘 모자를 푹 눌러쓰고 다니는 아이였는데, 마음 깊은 곳에 힘든 일들을 잔뜩 품고 있는 듯했습니다. 상담 선생님도 여러 차례 만나 보았지만, 큰 위험 단계는 아니라는 이유로 더 깊은 개입은 이루어지지 못했습니다. 친구도 없고, 하루 종일 말 한마디 없이 멍하니 있거나 수업만 듣는 그런 아이였습니다. 그러던 그 아이가 어느 날 불쑥 저를 찾아와 말했습니다.

"너무 힘들어요."

　부모님과도 갈등이 있고, 사람들과 있는 것이 너무 두렵고, 어떻게 해야 할지 모르겠어서 저를 찾아왔다고 합니다. 무척 감사했습니다. 마음이 힘들 때 누군가를 찾아간다는 건, 그 사람을 믿는다는 뜻이니까요. 제가 여러 학교를 돌며 나대는 학생부장으로 살아가는 건, 힘들 때 찾아오라고 일부러 눈에 띄기 위해서입니다. 그걸 스스로 '부표' 같은 선생님이라고 표현하는데 딱 그런 상황 아니었겠습니까. 그래서 물었습니다.

　"나 말고도 상담 선생님도 계시고, 담임 선생님도 계시고, 믿을 만한 선생님들 많은데… 왜 나를 찾아왔니?"

　그러자 아이는 이렇게 말했습니다.

　"선생님은 해결사 같아요. 우리 학교에서 무슨 일만 생겨도 선생님한테 가면 해결되는 것 같아서… 그래서 왔어요.”

아…… 뽕이 찼습니다. 하지만 그때, 저는 조금 더 앉아서 그 아이의 이야기를 들어주었어야 했습니다. 하지만 저는 너무 T 같은 말을 했습니다.

“그래! 해결해 줘야지! 전문가에게 가야지. 이 해결사 선생님이 상담 선생님과 지금 바로 약속 잡아줄게. 당장 상담실로 같이 가자.”

저를 따라 천천히 일어선 그 아이는 상담 선생님에게 마음을 열기까지 아주 오래 걸렸고, 저에게도 다시 찾아오지 않았습니다. 반년이 넘게 지나도 학교생활에서 힘들어하던 부분들도 크게 나아지는 것 같지도 않아 보였습니다. 물론 상담이 도움이 되지 않았다는 뜻이 아닙니다. 지금도 일주일에 두 번씩 상담을 받고 있고요. 다만, 그날만큼은 제가 약사가 약 처방해 주듯 빨리 해결하려 하지 말고, 천천히 그 아이의 어두운 마음에 귀 기울여 줬다면 어땠을까 싶습니다. 그럼 자기 이야기를 쭉 하다가 자신이 자신에게 제시한 문제의 답을 스스로 찾아가는데 도움이 조금 더 되지 않았을까하고 후회합니다.

어느 날은 전교생이 모인 가운데 학생회장 후보 토론회를 하고 있었습니다. 후보자 하나가 체육 시간이 끝나고 땀 냄새를 가릴 수 있는 탈취제를 각층 화장실에 비치하겠다는 공약을 설명하고 있었습니다. 저 뒤에서 한 남학생이 손을 들더니 어눌한 척하며 이렇게 말했습니다.

"그거… 집에 가져가도 돼요?"

진지한 척 연기하는 건지, 웃기려고 한 장난인지 모르겠지만, 저는 그 순간 너무 화가 났습니다. 후보자

상호 토론회는 제가 정선고에 오기 전에는 하지 않았던 행사인데, 후보자들의 공약 검증과 민주적 절차 학습을 위해 새로 도입한 제도였고, 아이들도 꽤 좋아해서 스스로 무척 뿌듯해하던 일이었거든요. 그런데 속된 말로 거기다 똥물을 끼얹으니 화가 치밀었던 것 같습니다. 지금 생각하면 그럴 수도 있겠다 싶기도 합니다. 전교생이 모인 곳에서 자기가 웃긴 사람이라는 걸 인정받고 싶을 수도 있죠. 누군가 가져가면 어떻게 할 거냐는 질문이 좀 서툴게 저런 식으로 표현됐을 수도 있다고 생각합니다. 마음을 넓게 썼다면 오히려 좋은 교육의 순간이 되었을지도 모릅니다. 민주적 절차라는 게 내 마음에 안 든다고 무조건 귀를 막는 게 아니고 저런 질문도 왜 나오게 되었는지, 어떤 의도가 있는지 귀 기울이고 같이 이야기해야 해서 속도가 좀 느릴 수밖에 없는 거라고 가르쳐줄 수도 있었겠지요.

하지만 그때의 저는 그런 마음의 여유가 없었나 봅니다. 교무실에 돌아와 그 아이의 담임선생님에게 씩씩

거리며 흉을 봤습니다. 왜 공적인 자리에서 저런 수준 낮은 소리를 하느냐, 내가 제일 싫어하는 타입이다, 저거 내 수업 시간에 들어와서 저러면 눈물 나게 혼냈을 거다라면서 말이죠. 그 뒤로도 그 아이가 뭔가 실수하면 여러 사람 앞에서 대놓고 꼬집어 주거나 빈정거리기까지 했습니다. 네. 어른답지 못한 행동이었습니다. 매일 보는 사이에 눈빛만 달라져도 상대방이 금방 알아차릴 텐데 그 아이라고 제 속을 모를 리 있겠습니까. 그 이후로 그 아이는 저와 마주쳐도 빤히 보면서 인사를 하지 않았습니다. 제가 먼저 이름을 부르면서 인사를 하면 당황한 듯 고개를 0.3도쯤 까딱하며 지나갑니다. 그럼 좀 측은해지다가도 자기가 배고플 때는 제 책상 위 초코파이를 달라고 오곤 합니다. 그때는 또 너무 예의바르고 아무렇지 않은 표정으로 굽실거리는데… 가끔은 '혹시 애 안에 여러 명이 사나?' 싶은 생각이 들기도 합니다.

이런 장면들을 떠올리면 손발이 오그라들면서 어디 숨고 싶습니다. 그런 주제에 여기저기 다니면서 내가 다 아는 듯이 이야기하고 다닌다고 생각하면 스스로 혀를 쯧쯧 찹니다. 그렇게 모래에게 먼지에게 나는 얼마큼 적으냐고 물으며 자조하는 마음이 들 때면 아이들이 제게 써 준 편지들을 꺼내보곤 합니다. 학교를 옮길 때마다 제가 가장 소중히 챙겨 나오는 것이 바로 이 아이들이 써 준 편지입니다. 스승의 날일 수도 있고, 졸업식일 수도 있고, 수행평가 답안지 한 귀퉁이일 수도, 가끔은 아무 날도 아닌데 서로 주고받은 편지이기도 합니다. 그 편지들에 가장 많이 적힌 말은 대개 비슷합니다.

"선생님, 다정하게 대해 주셔서 고마워요."
"선생님, 따뜻하게 말 걸어주셔서 고마워요."
"선생님, 응원해 주셔서 고마워요."

사람의 머릿속에는 거울 뉴런이라는 게 있다고 합니다. 이 뉴런 덕분에 상대의 표정, 말투, 태도, 행동을 모방할 수 있다고 하지요. 그러니까 태어난 지 얼마 안 된 아이를 두손으로 받쳐 들고 아빠 아빠 아빠 했을 때 아이가 아빠! 한다고 해서 우리 아이가 천재라고 볼 수는 없다는 말입니다. 그저 거울 뉴런이 제 역할을 한 거죠.

이렇게 인간에게는 놀랍게도 거울처럼, 무엇인가 보여주면 반드시 되돌아오는 것이 있습니다. 인간이 하는 일이라는 게 입사각과 반사각이 정확히 같은 방향일 수는 없으니까 입력된 마음들은 분명 어디론가를 향해 튕겨 나갈 거라 믿습니다. 그래서 저는 제가 만나는 이들에게 조금 더 다정하려 합니다. 조금 더 부드럽게, 조금 더 유머러스하게. 제가 보낸 따뜻함이 어딘가에 머물렀다가, 또 누군가에게 한 줄기 햇살로 돌아가기를 바라면서 말입니다.

정선이라는 곳은 제게 그런 실천과 상상이 가능하도록 도와준 곳입니다. 내년에 떠나게 될지, 좀 더 오래 머물게 될지 알 수는 없습니다. 선생님들의 인사라는 게 늘 그렇듯 내 의지만으로 되는 게 아니니까요. 하지만 분명한 건, 이곳의 별이 빛나는 조용한 밤과, 포근하게 쏟아지는 볕과, 듬직하게 서 있는 산과, 차분하게 흐르는 강이 제가 많은 것을 시도하고 실패하는 동안 그저 말없이 저를 품어 준 고마운 곳이라는 사실입니다. 아! 저만 무언가를 보낸 게 아니라 제게도 역시 따뜻하고 다정한 마음을 비춰 주었던 정선고의 모든 학생에게 고맙다는 말을 남기고 싶습니다. 선생님들도 이곳에서 한 번쯤 근무해 보시기를, 그리고 이 글을 읽으시는 분들도 한 번쯤 정선에 들러서 그런 기분을 느껴보시길 권해드리고 싶습니다. 무료로 군 내를 달리는 정선 버스에 써있는 인사말과 함께요.

마카 와요. 정선으로 와요.

꾸준하게 다정하는 일

덕분에 꾸준하게
놀라운 일들이 이어지는 중

2025년으로 저는 올해 15년 차 국어교사입니다. 평균적으로 30년쯤 교직 생활을 한다고 봤을 때 대충 절반쯤 온 셈이지요. 책 읽고 글 쓰는 걸 좋아하지만 안타깝게도 결코 수준이 깊지는 못합니다. 근사한 소설이나 글을 쓰는 건 아니고 그냥 평범한 수필이나 일기 수준의 글들을 끄적거릴 따름이지요. 영화나 책을 보고서 제 SNS 계정에 짧게 감상을 남기기도 하고요. 정년퇴임이 목표이기 때문에 그때쯤 돼서 30년 간의 에피

소드들을 기록해 둔 걸 조금만 손보면 책 한 권 정도는 나올 수 있지 않을까 막연히 생각하면서 살았습니다. 한 권도 안 팔리는 자비(自費) 출판일지라도요.

그런데 운 좋게도 1인 출판사를 운영하는 작가 김민섭 씨를 알게 되고 가까워지면서 제 교직 초반 10년간 겪었던 일들을 묶어 낸 『체육복을 입는 아침』이라는 책을 출간하게 되었습니다. 예상보다 20년이 빨라진 덕분에 후속되는 책들도 이렇게 몇 권씩 이어서 내오고 있습니다. 제게는 김민섭 씨가 인생의 버킷리스트를 이루어준 은인과도 같은 사람입니다. 운 좋게 마음도 잘 맞아서 여러 가지 일을 함께하는 사이로 발전하게 되었습니다.

예능 프로그램 '유퀴즈 온 더 블록'에도 출연한 적 있는 김민섭 작가가 유명하게 된 계기는 '김민섭 찾기 프로젝트' 때문입니다. 사연이 길고 길지만 얼개를 요약하자면 이렇습니다. 홀로 해외여행을 가본 적이 없는 83년생 김민섭 작가는 아내의 양해를 받고 후쿠오카행

비행기표를 10만 원에 삽니다. 그런데 여행의 출발일과 작은 아들의 수술 날짜가 겹치고 맙니다. 항공사에 환불을 요청했더니 18,000원을 준다기에 그 돈을 받느니 다른 사람에게 양도해 주는 것이 서로 더 기쁜 일이겠다고 생각합니다.

양도 조건은 본인과 여권 영문명까지 똑같은 대한민국 남성을 찾아야 한다는 것이었습니다. 반신반의하면서 대상을 찾는다는 글을 SNS에 올렸고 놀랍게도 조건에 부합하는 사람, 93년생 김민섭이 나타났습니다. 이 사연이 입소문을 타면서 신기한 일들이 일어났습니다. 일본 교통 패스를 주겠다, 유명 관광지 입장권을 주겠다, 숙박비를 대 주겠다에 그치지 않고 한 기업은 이 이야기를 펀딩을 통해 책으로 만들자는 제안도 하죠. 그렇게 여러 사람들 덕분에 여행을 잘 다녀온 93년생 김민섭은 지구 환경을 연구하는 대학원생으로, 83년생은 다정한 연결의 힘을 힘주어 말하는 전업 작가이면서 강연자로 살아가고 있습니다.

무엇보다 저와 그가 가장 강하게 연결되는 지점은 남들이 잘됐으면 좋겠다는 마음을 갖고 사는 것, 그리고 그것이 결국은 나를 잘 되게 하는 일이라는 굳은 믿음입니다. 그런 면에서 우리가 비영리 법인인 '사단법인 당신이 잘되면 좋겠습니다'를 함께 만든 것은—정확히는 저는 옆에 서 있기만 했을 뿐 김민섭 씨가 거의 모든 일을 다 했습니다—필연이었는지도 모르겠습니다.

평생 선생님만 할 거라고 생각했던 제가 그 인연 덕분에 월급은 없지만 비영리 법인의 이사라는 명함을 하나 더 갖게 되었습니다. 우리 법인의 주요 활동은 청소년들을 여행 보내주는 일입니다. 우리가 그랬던 것처럼 누군가에게 아무런 대가 없이 '네가 잘되면 좋겠다'는 마음을 가진 분들이 십시일반 후원해주신 돈으로 비용을 마련했습니다. 2025년 상반기 때 전국 단위로 에세이 공모전을 열었고 이를 통해 서울, 인천, 안동에서 각 한 명씩, 강원도에서 두 명 해서 총 다섯 명의 청소년을 뽑았습니다. 그 친구들과 함께 지난 8월 일본 교토와 오사카로 법인의 첫 여행을 다녀왔습니다. 그 이야기들은 책으로도 만들어졌고, 우리 법인 홈페이지 (https://www.wishyouwell.co.kr/about)에서도 확인하실 수 있습니다.

재미난 것은 이런 일에 아무런 대가 없이 도움을 주시겠다는 분들이 끊임없이 어디선가 계속 나타난다는 점입니다. 이번 여행에서 일본 현지 인솔과 설명, 자가를 숙소로까지 제공해 주신 분이 계셨는데, 바로 이동석 선생님이라는 분입니다. 그는 과거 재일교포 간첩단 조작 사건의 피해자입니다. 지은 죄도 없이 국가폭력의 희생자가 되어 억울한 옥살이를 했으니 누군가를 원망하면서 사셨을 법도 합니다. 그럼에도 불구하고 그는 베트남 전쟁의 피해자라든가 그와 같은 국가 폭력의 피해자들의 목소리에 함께 하기 위해 고문 후유증이 남은 고령의 몸으로도 열심히 활동하고 계십니다. 그분의 자세한 사연은 이른바 '남영동 대공분실'을 탈바꿈시킨 민주화운동기념관(서울 용산구 한강대로 71길

37)에서 확인하실 수 있습니다.

이런 일을 함께하고 있는 법인의 이사들은 대부분 교사들이거나 교육전문직(장학사)입니다. 연령대도 비슷해서 호형호제하거나 친구처럼 지내고 있습니다. 평균적으로 40대 중반이기 때문에 여기저기 아프다는 얘길 자주 합니다. 눈이 침침하고 잘 안 보인다거나 자꾸 허리기 삐끗삐끗한나는 얘기가 제일 많습니다. 저도 허리디스크에 고지혈증, 고혈압과 당뇨 전 단계…… 그만 알아보죠. 그래서 이대로 살다가는 남들 잘되기 전에 내가 먼저 죽겠다는 결론에 이른 우리는 생존을 위해 각자 살고 있는 지역에서 조금씩 걷거나 달리기 시작했습니다. 각자 움직인 거리를 어플로 측정하고 그걸 캡처해서 매일 공유하다 보니 재미난 생각들을 하게 됐습니다. 어느 정도 습관이 되고 꾸준히 하다 보니 산술적으로 꽤 많은 거리를 달리고 있더라고요.

그래서 생각했습니다. 이걸 km당 500원씩 기부를 하면 어떨까? 그리고 그 기부금을 열심히 뛰고 걷고 하고 싶은데 운동화든 형편이든 변변찮은 친구들, 그런 아이들을 위해 쓰면 어떨까? 그럼 그 신발은 그 아이를 어떤 곳으로 데려가 줄까? 하는 즐거운 생각들이요. 그래서 우리의 연결고리 '당신이 잘되면 좋겠습니다'와 달리기(RUN)를 합쳐서 '당잘런'이라는 간판을 내걸었습니다. 굳이 풀이하자면 '좋은 마음으로 달리는 사람들' 정도가 되겠네요. 요런 걸 우리가 제가 외부 활동을 할 때마다 그리고 우리 주변에 있는 사람들에게 "우리는 이렇게 운동을 하고 있다. 당신들도 운동을 하신다면 이왕이면 함께 했으면 좋겠다."라고 전파하고 다녔습니다. 그러다 보니 2025년 12월 현재 약 150명쯤 되는 분들이 각자의 자리에서 뛰고, 걷고, 자전거 타고, 수영하면서 모아 주신 기부금이 500만 원이 넘습니다. 이 책이 나올 즈음이 되면 아마 도움이 필요한 친구들의 손에 멋진 운동화들이 들려 있을 겁니다.

저의 전작 『어떤 어른이 되어야 하냐고 묻는 그대

에게』는 故 홍세화 선생님과 나눈 대담을 기록한 책입니다. 우리 사회에 '똘레랑스'라는 말을 전파하면서 진정한 교육과 진보의 의미를 역설하셨던 선생님과의 시간은 대화를 나누는 중에도 제가 스스로 성장하고 있다는 느낌을 받을 만큼 소중했습니다. 평생을 모시고 가르침을 받았더라면 좋았겠지만 선생님은 안타깝게도 작년에 타계하셨습니다. 임송하시기 얼마 전 앞으로 어떻게 살아가야 하냐고 여쭙는 김민섭 씨에게 남기신 유훈이 '겸손'이라는 단어입니다. 김민섭 씨에게 그 이야기를 전해 들으면서 겸손이란 무엇일까에 대한 생각을 계속 곱씹었습니다.

내내 그 생각이 마음속에 머무르던 중 퇴직을 앞두신 선배 선생님과 식사를 할 때였습니다.

"이 부장. 내가 평생 교육 발전을 위해서 헌신을 해 왔는데, 그게 뜻대로 잘 안된 것 같아. 사회도 그렇지만 교직에는 앞으로 희망보다는 절망의 그림자가 더 커 보여. 이런 세상을 물려줘서 미안해."

최고 권력자의 탄핵 사태를 거푸 보면서 그들을 비난하는 대신 '이런 세상을 물려줘서 젊은이들에게 미안하다'고 말씀하셨던 홍세화 선생님의 모습과 겹쳐서 역시 존경할 만한 선배라고 생각했지만 한 편으로 그 말씀에 선뜻 동의하기는 어려웠습니다. 왜냐구요.

제가 수업 시간에 아이들에게 글쓰기를 참 많이 시킵니다. 수행평가로도 시키고 그렇게 길이 들면 그냥도 많이 시킵니다. 어떻게든 자신의 삶과 타인과의 관계, 세상에 대해 짧게라도 사유하는 습관을 길러주기 위해서입니다. 쓰기 싫어하는 아이들을 길들이기 위해서는 저를 조금 갈아 넣을 필요가 있습니다. 아이들이 제출하는 모든 글에 답글을 달고, 좋은 표현이나 생각에 밑줄을 쳐주고 때로는 그의 경험에 상응하는 저의 경험을 써주기도 합니다. 그렇게 하다 보면 아이들은 기꺼이 자기 속을 내 보입니다. 그 속에는 우리가 인간으로서 마땅히 가져야만 한다고 생각하는 사랑, 이별, 후회, 질투, 용기, 좌절, 연대, 감사, 분노 같은 수많은 감정이 가득합니다. 그 진지한 이야기들을 듣다 보면 결코 그들의 앞에서 절망이라는 단어를 꺼낼 수가 없습니다. 그들이 꿈꾸는 세상, 그들이 그리는 미래를 그저 응원할 수밖에 없는 마음이 됩니다.

그래서 저는, 교사로서 가져야 할 겸손이란 앞으로 펼쳐질 그들의 미래에 섣불리 절망이 가득할 것이라고 말하는 대신 너희들은 잘될 거라고, 그러길 응원한다고, 잘 살아갈 수 있을 거라고 희망을 말해주는 사람으로 남아야 하는 것이라고 생각하고 삽니다. 여러분도 그런 다정한 마음을 늘 갖고 살아가 주시길 바랍니다. 그것들은 보일 듯 말 듯 각자의 자리에 흩어져 있을 때는 바람에도 꺼질 듯한 작은 불씨처럼 보이지만, 이런 마음들이 서로를 인지하고 연결되었을 때 얼마나 큰 힘을 발휘하는지는 우리가 살고 있는 세상의 물결조차, 그 방향조차 바꿀 수 있다는 것을 지난겨울, 그리고 올봄 광장에서 우리는 직접 확인하지 않았습니까. 우리가 하고 있는 일도 반드시 그런 일이라고 믿습니다. 이

렇게나 신기하고 재미난 일들을 잇달아 만나고 보니,

저 역시 앞으로도 계속 꾸준하게 다정하리라 마음을

다잡아 봅니다.

제 01호

정 선 가 득 한 밥 상

정 선 고 등 학 교   이원재 선생님

이른 아침마다 전교생을 위해 정성이 담긴 간식을
준비해주시고, 풍성한 음식과 다정한 말 한마디로
학교에 따뜻한 온기를 더해주심으로써
모두의 하루를 든든하게 시작할 수 있도록
이끌어주셨기에 그 따스한 마음에 깊은 감동을
받은 자치회는 정서적 셰프이자 진심을 담은
한 상의 주인장이신 선생님께
이 감사장을 수여합니다.

2025년 7월 17일

2024-2025 학생자치회 일동 

프로는
상상하는 대로 되고,
아마추어는
격정하는 대로 된다

칭찬은 고래도 춤추게 한다는 말이 있습니다. 고래의 댄스 세계는 분명히 인간과는 다를 텐데 어떤 몸짓을 보고 춤을 춘다고 규정한 건지 잘 모르겠습니다. 물론, 칭찬과 같은 동기부여가 상대에게 긍정적인 영향을 준다는 비유적 의미겠지요. 하지만 저는 좀 다르게 생각해 보고 싶습니다. 바람직한 행동을 강화하기 위한 칭찬은 일종의 보상이지요. 보상이라고 보면 상대방이 먼저 칭찬받을 만한 행동을 해야만 주어질 수 있습니다. 그러니까 칭찬은 결국 교환 관계인 것이죠. 어린아이가 대뜸 "아빠 나도 칭찬 좀 해줘."라고 하면 그 아빠는 대개 "칭찬받을 일을 해야 칭찬을 해주지."라고 대답하지 않을까요.

학교로 장소를 옮겨 보지요. 아무리 교환 관계라고 해도 누구나 비난보다는 칭찬을 듣고 싶어 할 겁니다. 그린네 학생늘이 매일 칭찬받을 일만 하고 사나요? 사회가, 학교가, 선생님들이 먼저 정해 놓은 기준은 수도 없이 많습니다. 각종 규정을 비롯해 시험도 수행평가도 상식이라는 것도 다 그런 기준에 해당하겠지요. 매 순간 그 기준들을 인식하고 그에 맞게 행동하는 건 ai에게나 가능한 일일 겁니다. 오히려 자의식을 가진 인간에게 그런 기준들을 모두 지켜내라고 강요하는 건 아무리 학교라고 해도 일반적인 사회화의 정도를 까마득히 추월해서 자신의 생각을 갖지 못하게 강제하는 폭력일 수도 있습니다. 이런 상황에서의 칭찬은 오히려 착취의 느낌마저도 풍기는 것 같습니다. 그런 칭찬이

과연 아이들의 자존감을 올려줄 수 있을까요.

　이미 아이들은 많이 지쳐 있습니다. 어린 아이들은 그저 자연에서 뛰노는 게 좋다고 말하면서 자기 아이들에게는 유치원 때부터 영어를 가르치고 수학 선행학습을 시키는 게 보통이지요. 저 역시 부끄럽지만 그렇습니다. 학교 마치고 학원을 다녀와서도 집에서 문제집을 풀고 앉아 있는 우리 집 초딩들을 보면 제가 아빠지야자 감독인지 헷갈려서 미안해질 때가 한두 번이 아닙니다. 국어 수학 공부를 하느라 진짜 내가 누구인지 무엇을 좋아하고 잘하는 사람인지 탐색할 수 있는 시간은 적습니다. 이 시기에 채워지지 못한 자존감은 여러 가지 다양한 문제로 표출되게 마련입니다.

　학생부에서 접하는 일들이 많지만, 벌어지는 사건들은 대부분 자존감의 문제와 닿아 있습니다. 스스로에게 만족하지 못하고 다른 것에 탐닉하게 되면 음주, 흡연, 마약, 도박, 중독 문제가 발생합니다. 자신을 존중하지 못하니 다른 사람이나 대상도 존중할 줄 몰라서 학교폭력과 관련된 사안들이 일어납니다. 그리고 이런 과정이 극단화되어 자신을 괴롭히는 방향으로 마음이 향하면 자해와 자살로 향하게 되지요. 학교 밖에서 흡연하는 아이에게, 교묘하게 친구를 괴롭히는 아이에게, 사는 게 공허해 손목에 칼자국을 낸 아이에게 뭐라고 칭찬을 해 줘야 할까요. 그러므로, 잘하는 행동에 대한 칭찬이 아니라 있는 그대로의 인정과 공감이 먼저여야 하지 않을까 합니다. 그렇게 관계를 맺은 다음에라야 칭찬과 같은 보상을 통해 행동을 조형해 나갈 수 있을 거로 생각합니다.

그래서 학교는 무엇보다 대가 없는 인정과 환대의 공간이어야만 한다고 생각합니다. 그렇기에 이름을 기억해 불러 주고 좋아하는 음악을 틀어놓고 아이들을 맞이합니다. 아무것도 하지 않았지만 먹거리를 마련해 웃으면서 건넵니다. 아무것도 잘한 일이 없는데 주어지는 별것 아닌 것들이 쌓여 '나는 꼭 잘하지 않아도 괜찮구나', '나는 있는 그대로 이런 대접을 받아도 충분한 사람이구나.'라는 생각을 하게 해줄 거라 생각합니다.

합계 출산율이 이제는 국가의 소멸을 걱정해야 할 정도로 낮아진 지 오래입니다. 정부에서 출산 장려 대책에 오랫동안 예산을 몇조 원을 쏟아부었어도 효과는 보시다시피 그다지 없습니다. 그동안 기왕에 태어난 아이들은 어떻게 돌봐왔는지 돌아봐야 하지는 않을까요. 있는지 없는지도 모를 보물을 찾아 헤메기 보다 원래 갖고 있던 거나 잘 지키라는 말이 꼭 필요해 보입니다. 내가 사는 게 별론데 새로 아이를 낳아서 나처럼 살라고 하는 건 진짜 책임감 없는 일이죠. 어떻게 보면 지금 젊은 부모들은 다음 세대에 대한 책임감을 위정자들보다 더 많이 갖고 있는 셈이 되네요.

절망을 말하는 건 쉽습니다. 대학 입시에 종속되어 백약이 무효인 교육제도. 실패를 용납하지 않으려하는 경쟁 사회 아래. 곳곳에서 견디지 못한 선생님과 학생들이 죽어 나가는 학교를 보며 수많은 사람들이 그 참상을 기록으로 남깁니다. 역사는 느리지만 반드시 진보해 왔다는 믿음이 있다면 그 절망의 기록들도 같은 실패를 피할 수 있게 해준다는 점에서 분명히 의미가 있겠지요. 그러나 절망을 말하기 쉬운 것만큼이나 희망을 말하는 것은 어렵습니다. 희망을 그려갈 대안을 찾아내는 것도, 찾았다 할지라도 용기 내어 실천하는 것은 더욱 어렵습니다. '그럼에도 불구하고' 우리는 가야만 합니다. 그것이 선생님이라고 불리는 이들이 감당해야만 할 직업적 숙명이자, 우리가 마지막까지 간직해야 할 양심과 같은 무언가라고 저는 생각합니다.

강호동 아저씨가 한 예능 프로그램에서 이런 말을 했습니다. '프로는 상상하는 대로 되고, 아마추어는 걱정하는 대로 된다.'고요. 우리는 살아본 적 없는 삶을 매일매일 새로 살아간다는 점에서는 아마추어이지만, 오직 한 번밖에 없는 삶을 대하는 태도만큼은 프로 같아야 할 것입니다. 그렇기 때문에 우리는 절망을 걱정하기보다 희망을 상상하며 살았으면 좋겠습니다. 저 역시 학교에서 살아남기 위해 벌였던 여러 가지 일들에 대한 이 이야기들이 여러분들이 계신 곳에서 어두운 과거보다 버티는 오늘과 나아질 내일을 상상하게 하는 희망의 기록이 되어드리길 바랍니다.

이화여대 석좌교수 최재천 선생님의 최근작 『양심』에 실린 말을 인용하며 글을 끝맺고자 합니다.

'어쩌면 양심이란, 그저 손을 놓지 않는 것일지도. 누군가의 불안을 끝까지 지켜내는 것일지도. 그리고 마침내 그 불편함 속에 서는 것일지도.'

작가로서 희망하는
앞으로의 하찮은 포부

끝난 줄 아셨죠? 국내 최초(인지는 모르겠지만) 에필로그에 이은 RE에필로그입니다. 이 책으로써 저도 네 권의 책을 써낸 사람이 되었습니다. 평생 읽고 쓰는 사람으로 살겠다는 다짐을 지키고 있는 것 같아서 기쁩니다. 사실 에세이라는 게 자기 혼자 생각한 걸 써낸 글은 좀 재미가 덜하게 마련입니다. 생각하는 바대로 살고 실천하면서 그걸 글로 써야 생동감도 있고 힘 있고 재미있게 읽히는 거라고 생각합니다. 이번 책은 최근 사 년 동안 제가 살아왔던 이야기를 써낸 거라 다음 에세이집을 내려면 어느 정도 시간이 좀 흘러야 가능할 것 같습니다.

매년 4월 16일을 앞둔 주말에는 가족들과 함께 안산엘 갑니다. 살아 있었다면 서른 즈음을 살고 있었을 아까운 친구들의 흔적들을 다시 한번 보면서 제가 만나는 학생들이 얼마나 귀한 친구들인지 되새기기 위해서입니다. 기억하고 전하는 것이 교사가 존재하는 가장 중요한 이유이기도 하지만 저는 그날을 맞이하는 심정이 좀 남다릅니다. 저 역시 그런 대형 사고의 생존자이기 때문입니다.

2000년 7월 14일, 고등학교 1학년이던 저는 3박 4일간의 수학여행을 마치고 집으로 돌아가는 버스에 타고 있었습니다. 불운에 불운이 겹쳐 일어난 그 사고에서 저와 같은 학년이던 친구 열셋이 목숨을 잃고 수많은 친구들이 다쳤습니다. 2014년 4월의 사고가 더욱 크게 다가왔던 것은 아마 그때의 상처가 아직 통증을 발하고 있기 때문이 아닐까 합니다. 이십오 년이 지난 지금은 선생님이 되어 계속 학생'안전'부장을 맡고 있다는 사실에서 어떤 운명같은 연결을 느낍니다.

그리하여 저의 다음 발걸음은 이십오 년전 그 일을 되짚어보는 길로 옮겨갈 것 같습니다. 누군가에게는 현재진행형인 아픔이겠고 누군가는 이미 까맣게 잊어버린 일이겠으나, 그 일들의 편린이나마 세상에 남겨놓는 것이 읽고 쓰는 사람이자 사건의 당사자로서 마땅히 해야만 할 일이라는 생각이 듭니다. 기다려주시고, 함께해 주시면 좋겠습니다. 지금까지, 국내 최초 다음 책 집필 예고제로 마무리하는 조금 신기한 책을 끝까지 읽어 주셔서 진심으로 감사드립니다.

정선 가득한 아침

정선랜드의 판다셰프 원바오쌤

1판 1쇄 인쇄 2025년 12월 30일
1판 1쇄 발행 2026년 1월 7일

지은이 이원재
펴낸이 김민섭
편집자 이유나
펴낸곳 도서출판 정미소

출판등록 2018.11.6. 제2018-000297호
주소 서울특별시 마포구 성산동 218번지 402호
이메일 xmasnight@daum.net

ISBN 979-11-985182-9-3 03810